Mein Freund Rudi

Buch

Rudi ist ein trauriger Held. Nach zunächst schwerer Kindheit, später dann in der Fremdenlegion zu äußerster Härte erzogen, beweist er immer wieder seine Zähigkeit und seinen unbedingten Willen zur Gutmütigkeit.
Der Autor Paul Czervan beschreibt hier schnörkellos die Entstehung, die Entwicklung und den Bestand seiner Freundschaft zu diesem Mann, der so zufällig in sein Leben tritt, wie ein vom Wind verwehter Regentropfen zufällig nicht in Bremen, sondern in Kamp-Lintfort zu Boden fällt.
Zeit seines Lebens hat Rudi unter seinen Ratgebern solche, denen er vertrauensvoll auch dorthin folgt, wo es nicht zu seinem Besten ist.
Paul Czervan schildert aus seiner Sicht, nicht selten mit gequälter Stimme, wie sein Freund Rudi mit den Ungerechtigkeiten des Seins so beeindruckend gefasst um geht und den Autor selbst zu seinem treuesten Jünger macht.

Autor

Paul Czervan ist Jahrgang 1931 und lebt mit seiner rumänischen Frau in der Nähe von Heinsberg. Die Liebe zum Schreiben hat er im reifen Alter von 80 Jahren entdeckt

Herstellung und Verlag: BoD - Books on Demand, Norderstedt
Copyright © 2013 Paul Czervan
Umschlaggestaltung: Markus Sprehe
Gesetzt in der Garamond
www.markus-sprehe.de
www.bod.de

****

ISBN: 978-3-743-12698-5

Mein Freund Rudi

Paul Czervan

Prolog

Mit Rudi habe ich einen besonderen Menschen kennen gelernt; einen, der alle Tugenden besaß, die einen guten Freund ausmachen und ich schätze mich sehr glücklich, dass wir so dick miteinander waren. Er war ein zäher Hund, einer, der bis zum Umfallen schuften konnte, der sich aufopferte für seine Frau, für seine Kinder und darüber hinaus vergaß, sich selbst ein Freund zu sein. Vielleicht hat Rudi das auch nicht sein mögen, sich selbst ein Freund, denn das Leben hat ihm von klein auf Prüfungen auferlegt und wer weiß, ob er bisweilen geglaubt hat (da er doch niemals Ruhe fand), diese Prüfungen seien Strafen, die er verdient hätte, weil er zum Freund nicht taugte. Was um alles in der Welt ist in ihn gefahren, dass er nicht bereit war, ein bisschen mehr gerissen zu sein. Warum hat er nicht seine Intelligenz ausgespielt und ist stattdessen nur auf der Stelle getreten?

Mein Freund Rudi hat vorgezogen, immer nur herzensgut zu sein. Was hat er nicht alles getan, seiner Frau ein guter Mann zu sein, seinen Kindern der Vater, auf den sie stolz sein konnten. So war er. Ich weiß nichts von einer Gegenleistung, die er jemals gefordert hätte. Fordern war nicht seine Sache; gewünscht vielleicht, ganz im Stillen.

Und er war gebildet, ja, das war er unbedingt und steckte mich an mit seinem Virus, der nach Wissen schrie. Ich begann zu lesen, eiferte meinem Freund nach und erreichte ihn doch nie. Das macht mich nicht traurig. Der Vorsprung sei ihm gegönnt. So ist das bei

Freunden: Kein Platz für Neid, nur für Bewunderung, doch ist mir schwer ums Herz bei dem Gedanken, dass er nun ins Jenseits voraus gegangen ist. In einem alten Lied wird gesungen: Ich hatte einen Kameraden, einen besseren findet man nicht.

Nun also, Rudi, damit ist wohl alles gesagt. Nur noch das Eine: Danke!

1. Teil

In den Lexika dieser Welt wird Kamp-Lintfort als eine mittlere kreisangehörige Stadt des Kreises Wesel im Regierungsbezirk Düsseldorf am unteren Niederrhein beschrieben und dass die Stadt durch den Kreis Wesel beim Regionalverband Ruhr und beim Landschaftsverband Rheinland vertreten wird; was immer dies bedeuten mag.

Als ich Mitte der fünfziger Jahre in den Ort kam, hatte er um die Dreißigtausend Einwohner, hauptsächlich Bergleute mit ihren Familien, zu denen ich mich gesellte.

Ja doch, ich erinnere mich, natürlich, Kollegen hatten mir gesteckt, dass auf der Kohlengrube Kamp-Lintfort Bergleute gesucht würden. Zögern war nicht mein Ding; ich wollte schließlich ein Abenteuer, mich reizte das Neue, das Ungewisse, und deshalb saß ich am nächsten Tag im Zug. Ohne große Schwierigkeiten fand ich den Weg zur Zeche, wo ich mich in der Verwaltung vorstellte. Ich wurde in einen nüchtern eingerichteten Raum geschickt, in dem ich warten sollte, bis ich aufgerufen würde.

Die Wände waren weiß getüncht und mit einigen Fotos der Zeche geschmückt. Vor den Fenstern hingen schmuddelige Gardinen, der grüne Linoleum-Fußboden war gewischt, jedoch nicht frei von Schlieren. Zwei Männer, beide etwas älter als ich, saßen auf einer der beiden Holzbänke. Sie unterbrachen ihr Gespräch und schauten mich neugierig an. Ich nahm ihnen gegenüber Platz. So hatte ich sie im Blick. Es dau-

erte nicht lange, da nahmen sie ihr Gespräch wieder auf:
Der mit dem Schnauzbart und den Geheimratsecken lehnte sich zurück und verschränkte seine Arme vor dem Bauch. Er blinzelte vor sich auf den Boden und sagte: „Meine Alte macht mir inzwischen das Leben schwer, weißt Du. Früher hatte ich die Hosen an, da kannst Du sicher sein, aber jetzt, wo ich keine Arbeit hab…"
„Ist nicht viel anders bei mir", erwiderte der Andere, ein hagerer, schlaksiger Kerl mit großen, blutunterlaufenen Augen: „Ich bin Dir schon dankbar für den Tipp hier mit der Friedrich Heinrich."
„Kannst Dich bei meiner Alten bedanken. Ich und unter die Erde? Freiwillig? Wär mir nicht im Traum eingefallen. Da kann ich später noch genug Zeit verbringen. Aber die Alte lässt ja nicht locker. Geld muss her, hat sie gesagt. Das ist wichtiger als meine Gesundheit." Der Schnauzbart stupste seinen Nachbarn an: „Das hat sie nicht gesagt, das mit der Gesundheit. Aber Egon, Du willst mir nicht erzählen, dass Dir das Spaß macht. Willst doch auch kein Bergmann werden."
Sein Nachbar sah ihn mit offenem Mund an. Ich hatte den Kopf geschüttelt, weil ich nicht glauben konnte, dass es in dieser Zeit Menschen gab, die keine Arbeit hatten. Und hier traf ich gleich auf zwei Exemplare.
„Ich war noch niemals unter Tage", stellte Egon fest, „weiß ich nicht, ob es mir gefällt. Aber probieren möchte ich's schon."
Ich ließ mich zu einem Kommentar hinreißen: „Es gibt gutes Geld. Das ist es, was zählt." Der Schnauzbart

musterte mich bekümmert. Egon starrte mich mit seinen roten Augen an und hatte den Mund offenbar aus Gewohnheit noch immer offen.

„Tach auch", presste der Schnauzbart hervor, der offensichtlich mit meinen Worten nichts anfangen konnte, „hast´n großes Mundwerk für Dein Alter."

Ich war nicht auf den Kopf gefallen und was sagen mochte ich. Deshalb erwiderte ich unerschrocken: „Ich weiß, wovon ich rede."

„Nichts weißt Du. Gesundheit zählt mehr als alles Andere." Er wollte sich wieder seinem Bekannten zuwenden. Dabei hob er den Zeigefinger und hatte bereits zum sprechen angesetzt, als ich schmunzelnd zu bedenken gab, das er sich ohne Geld seine Gesundheit in die Haare schmieren könnte. Da hatten beide das Maul offen und ich wusste nicht zu deuten, ob sie mehr über meine Forschheit oder eher über das Gesagte staunten.

In dem Moment wurde die Tür geöffnet. Im Rahmen stand die Empfangsdame, die, so wurde mir jetzt klar, in ihrem schweren rot-schwarz-karierten Wollkostüm, den bemalten Lippen und der gepflegten Wasserwelle nicht in dieses angerußte Gebäude passen wollte.

„Herr Ostrowski?" Sie sah dabei den Schnauzbart an, der ihr zunickte.

„Kommen Sie? Herr Kehlmann hätte jetzt Zeit für Sie."

Als Ostrowski die Tür hinter sich zugezogen hatte, war es eine Weile still. Egon ergriff zuerst das Wort: „Karl sieht die Dinge manchmal ´n bisschen schwarz. Wenn er erst mal im Schacht ist, wird er ganz begeistert sein."

„Na, unter der Erde ist es dunkel", erwiderte ich, „in-

sofern hat er Recht. Man muss es wollen, das Arbeiten unter Tage, dann macht es Spaß."
„Du bist wohl´n Klugscheißer", grinste Egon. Er trat auf mich zu und reichte mir seine Hand: „Ich bin Egon. Egon Walzak."
Ich machte mich ebenfalls bekannt. Dann setzte Egon sich zu mir und erzählte, dass er und Ostrowski Weber seien und beschrieb das Weberhandwerk als ein sterbendes, das durch ständig verbesserte und schnellere Webstühle gefährdet sei. Arbeit gab es nach dem Krieg zur Genüge, auch für Weber, für viele ihrer Zunft aber nicht im erlernten Handwerk. Ostrowski und Walzak waren auf der Strecke geblieben und das nicht etwa, weil keine Tuche benötigt wurden. Ganz im Gegenteil war ihr ehemaliger Chef nicht mehr gegen die Auftragsflut angekommen und hatte zwei brandneue Webstühle zusätzlich zu den bisherigen aufgestellt, die schnell waren. Verdammt schnell und effektiv. Neun Weber konnten entbehrt werden. Zwei von ihnen waren Ostrowski und Walzak.
Das Leben hat keinen festen vorbestimmten Plan. Das Geschehen kann selbst Gott in seiner Ganzheit nicht überblicken, doch er verknüpft meisterhaft. So schickt er Leute, die an ihrem Platz nicht mehr gebraucht werden, dorthin, wo man ohne sie nicht kann. Wir bekamen alle drei die Arbeit, die Ostrowski eigentlich nicht wollte. Walzak sollte nicht Recht behalten, denn sein Freund blieb immer ein Fremdkörper und da die Beiden immer zusammen hockten, wurde ich auch mit Walzak nicht warm. Wir sahen und grüßten uns, kauten hier und da unsere Stullen gemeinsam, doch sprachen

wenig miteinander. Wenn ich etwas sagte, wurde dies nach wie vor mit ´Klugscheißer´ kommentiert.
So kam es, dass die ersten beiden Kumpel, die ich auf der Zeche kennen lernte, keine große Bedeutung in meinem Leben erlangten. Der Dritte aber nahm zur Genüge Einfluss:
„Tag, ich heiße Rudi", sagte der am nächsten Morgen. Wir waren auf der Abfahrt zu einer Ebene in Vierhundert Meter Tiefe, und der Mann mit den strahlenden Augen, der neben mir stand, streckte mir seine Pranke entgegen. Er war etwas größer als ich und ich zögerte einen Moment. Dann schüttelte ich energisch seine Hand, und war ahnungslos. Wie sollte ich auch erkennen, dass wir mit diesem Händedruck einen Bund fürs Leben schlossen.
„Paul", erwiderte ich, war Fünfundzwanzig, hatte wieder einmal Lust auf ein Abenteuer verspürt und von zuhause weg gemusst.
Mein neuer Arbeitsplatz befand sich in einem gerade mal einen Meter hohen Kohleflöz, einem Hobelstreb. Unter Tage wird grundsätzlich zu zweit gearbeitet. Rudi, der Mann, der sich soeben mit mir bekannt gemacht hatte, war mein Arbeitskumpel. Er arbeitete dort schon seit drei Monaten:
„Nun, dann will ich Dir mal zeigen, wie das hier abläuft", sagte er, als wir in dem Hobelstreb hockten. Dann erklärte er die Arbeitsabläufe und war schließlich nicht wenig überrascht zu erfahren, dass ich bereits fünf Jahre Bergbauerfahrung mitbrachte. Rudi kicherte in sich hinein. Plötzlich spürte ich seine mächtige Pranke auf meiner Schulter und hörte, wie er in dem

schummerigen Licht voll Hochachtung zu bedenken gab: „Mensch, Paul, dann kann ich bestimmt noch einiges von Dir lernen."

„Das könnte man denken", gab ich halbstark zurück. Da musste er lachen und boxte mich leicht gegen die Brust. Als ich es ihm gleich tat, empfand ich das wie einen Schnitt, der eine Blutsbruderschaft besiegelt.

Das Schicksal hat es so eingerichtet, dass Rudi und ich zusammen bei Kost und Logis in einem Bergmannsheim wohnten. Die Kosten hierfür wurden mit unserem Lohn verrechnet. In dem Heim waren wir mit hundert Leuten untergebracht. Mein Zimmer teilte ich mir zunächst mit zwei weiteren Kumpels. Es war spärlich eingerichtet. Jeder hatte sein eigenes Feldbett und einen Eisenspint. Alte Kasernenmöbel waren das, die noch ausgezeichnet ihren Dienst verrichten konnten. Für die Körperpflege standen uns Gemeinschaftsduschen und Waschräume zur Verfügung; für die Freizeit ein großzügiger Aufenthaltsraum, in dem es sogar einen Fernseher gab, vor dem wir uns in großer Zahl am Wochenende versammelten, wenn Fußball gezeigt wurde. Rudi und ich interessierten uns mehr für die Tagesschau, die noch ganz neu war und schon bald nach meinem Einzug täglich, nur nicht an den Sonntagen, ausgestrahlt wurde. Man könnte denken, wer sich gern unter der Erde verkriecht, den interessiert nicht sonderlich, was oben geschieht, doch das kann ich so nicht stehen lassen. Rudi war der wissbegierigste Mensch, den ich kannte. Er wollte erfahren, was um ihn herum passierte und wie die Dinge funktionierten. Das hat mich von Beginn an fasziniert.

Wenn wir nicht vor dem Fernsehgerät saßen, spielten wir Karten oder kegelten. In unserem Haus befand sich eine Kegelbahn, die wir nutzen durften. Den höchsten Genuss boten aber die Kinobesuche außerhalb des Geländes an den Wochenenden. Allein ging ich nicht. Immer nur, wenn Rudi Lust hatte, dann begleitete ich ihn.

Das uns im Bergmannsheim vorgesetzte Essen war zufriedenstellend, nicht mehr und nicht weniger, und zur Arbeit erhielten wir zwei belegte Brote. Ich war es zufrieden, weil das Geld stimmte, ich keinen Hunger leiden und auch nicht frieren musste. Zudem konnten wir unseren Arbeitsplatz zu Fuß erreichen.

Unseren Lohn erhielten wir in zwei Abschlägen am Fünften und am Fünfzehnten und einer Schlusszahlung zusammen mit der Abrechnung am Fünfundzwanzigsten eines jeden Monats.

Die Arbeit, die wir dafür verrichten mussten, war sehr schwer. Wenn der Kohlenhobel zweimal am Kohlenflöz rauf und runter gehobelt hatte, mussten wir das Förderband vorrücken, den liegen gebliebenen Kohlenstaub auf den Transportpanzer schaufeln und den Ausbau vornehmen. Dies bedeutete, eine Reihe Stützpfeiler im hinteren Teil heraus und im vorgerückten Teil wieder einzubauen. Beim Wegschlagen der Pfeiler brach nicht selten das Gebirge ein. Unsere Arbeit war also zudem sehr gefährlich und einer der beiden zusammen arbeitenden Kumpels sollte über Erfahrung verfügen, Hauer sein und bereits eine Prüfung abgelegt haben. All dies traf auf mich zu.

Mich hat in meinem Leben in erster Linie die gute Bezahlung interessiert. Dafür leistete ich ebenso gute Arbeit und nahm Gefahren und Staub gern in Kauf. Was Rudi dazu bewegt hat, so fleißig und hilfsbereit zu sein, wie er es war, weiß ich bis heute nicht. Ich denke, dass er gar nicht anders konnte, als immer nur sein Bestes zu geben. Das hätte er auch ohne Geld getan. Schon nach wenigen Tagen waren wir ein eingespieltes Team und freuten uns über des Steigers Lob.

Es gab reichlich Arbeit zu der Zeit, nicht selten auch an Sonntagen. Wir waren so jung, ach…, und hatten Mumm. Wir kamen den Wünschen des Arbeitgebers gern nach, weil Überstunden und Sonntagsschichten willkommene Zulagen bedeuteten und wir das Geld gut gebrauchen konnten. Zahltag war für uns immer zugleich Freudentag.

An einem dieser Zahltage lud mich Rudi auf ein paar Bier ein. Mit dem linken Ellbogen lehnte er auf dem Thekenbrett, die Faust gegen die Wange gepresst. In der rechten Hand hielt er sein zweites Bier und sah mich dabei aus den Augenwinkeln an: „Paul, ich will Dir was sagen", vermeldete er, „ich habe Dich nun lange genug beobachtet." Ich horchte auf und zog die Brauen hoch, denn ich wusste nicht, wie ich das verstehen sollte. Rudi hielt kurz inne, bevor er feststellte: „Mit uns, das passt gut, oder denkst Du nicht?"

„Doch, klar", antwortete ich, „…ich meine, das weiß ich doch schon lange."

Rudi setzte das Glas an den Mund und leerte es in einem Zug: „Können wir noch eins haben?", forderte er den Wirt auf, noch zwei Stück zu zapfen. Er war an diesem Abend bemerkenswert spendierfreudig. Dann

betrachtete er mich nachdenklich, was mich ein wenig aus der Fassung brachte, aber Rudi war sensibel genug, dies zu bemerken und lächelte mich an.
„Was ist denn?", wollte ich wissen.
„Paul, merk Dir mal eins: Bevor Du Jemanden zu Deinem Freund erklärst, ich meine, so ein richtiger Freund, Du weißt schon, mit dem man durch dick und dünn geht, …sagt man doch, nicht wahr, nicht so was Oberflächliches…", er hielt kurz inne, als müsste er verschnaufen, weil die Worte, die sich auf seinen Lippen zu formen begannen, so schwer wogen, „na ja, da solltest Du Dir sicher sein. Das ist doch wie ein Eheversprechen, nicht wahr." Rudi kicherte vor sich hin und schüttelte den Kopf. Der Wirt hatte die Biere auf unsere Deckel gestellt. Rudi prostete mir zu. Wir tranken:
„Ist lustig, Paul. Mir ging gerade durch den Kopf, dass wir dann ja wohl unsere Verlobungszeit hinter uns haben." Erneut kicherte er, während ich nur demütig schwieg.
„Weißt Du, Paul, jetzt ist es mir beinahe peinlich."
„Was denn?"
„Peinlich, nicht wahr, weil ich so viel Zeit gebraucht habe, Paul, und Du schon lange weißt, dass das passt, …mit uns Beiden."
„Muss Dir nicht unangenehm sein", versuchte ich Rudi zu beruhigen und feixte, „dafür hält es dann länger."
„Na, wenn das so ist." Rudi stieß mit mir an und wir leerten unser drittes Bier. Das nächste ging auf meine Rechnung, nachdem er mir versprochen hatte, dass, wenn einer seiner Zimmergenossen, Willi Möllmann,

ausziehen würde, ich zu ihm aufs Zimmer kommen könnte. Es war nämlich so, dass Kumpel, die bereits länger im Wohnheim wohnten, irgendwann ein besseres Zimmer erhielten. Für Möllmann war jetzt bald die Zeit gekommen. Ich musste auch gar nicht lange warten, nur wenige Tage später an einem Samstagnachmittag, als draußen eine dicke Wolkendecke jeglichen Blick auf den Himmel verwehrte, der sich ohne Unterlass in Bindfäden entleerte, stand Rudi überraschend vor mir. Ich dachte bereits, er wollte mich zu unserem Samstagnachmittagsspaziergang abholen und hatte doch gehofft, dass er mich bei diesem Mistwetter verschonen würde, denn das Wandern an den Wochenenden war eine seiner Ideen gewesen, für die ich mich hatte begeistern lassen. Mir fiel sogleich auf, dass er seine Hausschuhe an den Füßen hatte, als er sagte:
„Paul, es ist soweit, nicht wahr, Du kannst jetzt Deine Sachen packen."
„Möllmann hat sein neues Zimmer?"
„Ja, er ist schon raus. Du kannst gleich umziehen…, wenn Du willst, meine ich. Wenn es aber nicht so eilig ist?"
„Doch, Rudi, natürlich", beeilte ich mich, ihn zu beruhigen. Ich warf die Arme in die Höhe, stieß dabei einen Juchzer aus und lief schon auf meinen Spint zu. Rudi lachte und begann nun zu klatschen, um mich anzutreiben. Meine Zimmergenossen, die ich hier beabsichtigte, einfach hinter mir zu lassen, unterbrachen ihr Kartenspiel, an dem ich nicht teil genommen hatte, weil ich bevorzugte, ein Buch zu lesen. Sie wollten mich mit ein paar spöttischen Kommentaren aufzie-

hen, die mich aber in diesen Minuten nicht erreichen konnten, weil ich so selig war. ‚Jetzt wird zusammen gefügt, was zusammen gehört', schoss mir durch den Kopf. Mein Koffer lag auf dem Feldbett. Die wenige Habe war schnell hinein geworfen, der Koffer schlampig verschnürt. Ich sah zu Rudi auf, der den Anblick meines Eifers sichtlich genoss und grinste ihn an. Die Zimmergenossen waren verstummt. Wir waren in den vergangenen Monaten gut miteinander ausgekommen. Ob sie daran denken mussten, als ich mich anschickte, meinen Platz zu räumen? „Nun", sagte ich, wie ich sie, einen nach dem Anderen, betrachtete. Die Art, wie meine Kumpel mir wortlos zunickten, erschien mir wie ein Zeichen der Zustimmung für meine Entscheidung. So trottete ich hinter Rudi her in ein anderes Geschoss, und als wir die Tür zu seinem Zimmer erreichten, waren die Gedanken an die zurück gelassenen Kumpel verflogen.

Noch heute betrachte ich es als eine glückliche Fügung Gottes, die durch den Eintritt in dieses Zimmer mein ganzes Leben verändert hat. Wenn auch meine Stimmung zunächst ein wenig getrübt war; ich war wohl feinfühlig genug, um gleich zu erkennen, dass der Mann, der mit einem verschlagenen Lächeln auf mich zutrat und mir die Hand zum Gruß reichte, kein Vorbild für mich sein konnte. Rudi hatte mir erzählt, dass Kurt, mit dem ich fortan neben Rudi das Zimmer teilen würde, ein Freund sei. Wie ich schon erfahren hatte, war mein Freund mit der Vergabe dieses Attributs zurückhaltend. Ich wusste also, wie ich dran war und schmunzelte pflichtbewusst, als ich diesem drahtigen

Mann mit den leicht abstehenden Ohren und der leichten Hakennase im spitzen Gesicht in die Augen schaute, die mit meinen auf einer Höhe lagen, und seinen kräftigen Händedruck, ohne den Mund zu verziehen, erwiderte. Rudi stand neben uns. Er war sichtlich erfreut über unsere scheinbar herzliche Begrüßung, ohne die untergründige Spannung zwischen Kurt und mir zu spüren.

Mir wurde schnell klar, warum ich Kurt bisher so selten begegnet war, und wenn, dann nur in großem Kreise. Kurt hatte eine andere Arbeitszeit als Rudi und ich. So ergab es sich, dass ich mit Rudi sehr oft allein auf dem Zimmer war. Schon bald nutzten wir die Gelegenheit und plauderten aus unseren Leben. Ich hatte noch keine großen Abenteuer erlebt und deshalb war es schnell erzählt. Umso mehr war ich überrascht, auch schockiert und oft beeindruckt von den Geschichten, die Rudi vor mir ausbreitete. War das wirklich dieser liebenswürdige Mensch, mit dem mich eine Freundschaft verband, der all dies erlebt haben wollte? Zunächst waren seine Schilderungen noch distanziert, aber irgendwann schloss er mich in sein Vertrauen und warf jegliche Scheu über Bord. Regelrecht in einen Rausch konnte er sich reden, wobei er kein Detail ausließ.

Rudi begann chronologisch mit seiner Kindheit. Über seine Mutter wusste er lediglich dank seiner Tante, der Schwester seiner Mutter, zu berichten:

Sie hatte als junges Mädchen bei einem reichen Kaufmann gearbeitet, der offenbar von ihrer jugendlichen Frische derart angetan war, dass er kurzentschlossen seine Stellung zu ihr ausnutzte und den Aufgabenbereich der jungen Frau, ohne von ihr dazu ermutigt worden zu sein, nun auch auf die Liebesdienste ausweitete. Wäre nicht der Missbrauch allein schon arg genug gewesen, als noch größeres Unglück sollte sich die daraus entstandene Schwangerschaft erweisen, denn, als Rudis Mutter dem Dienstherrn ihren Zustand anzeigte, eröffnete ihr dieser mit skandalöser Kaltblütigkeit, dass sie gehen könne und sich nicht wieder blicken lassen sollte.

Ohne Lobby war sie machtlos. Selbst, wenn ihr geglaubt worden wäre, so hätte doch niemand einen Mann vom gesellschaftlichen Rang ihres Dienstherrn zur Rechenschaft gezogen. Das ihr Angetane war zu der Zeit nicht unbedingt ungewöhnlich. Was blieb der jungen Frau anderes übrig, als sich in ihr Schicksal zu ergeben, und so brachte sie schließlich in einem Obdachlosenheim den Jungen zur Welt, den sie Rudolf nannte. Die Tante hatte ihrem Neffen später erklärt, dass sein Urgroßvater diesen Namen getragen hatte, den seine Mutter immer so gern gehabt hatte.

Die Art, wie Rudi dies berichtete, ließ mich bereits erahnen, dass es mit seiner Mutter kein gutes Ende genommen hatte. Ich beobachtete ihn von der Seite. Er schnappte nach Luft und seine Augen waren wässerig. Die Lippen bebten. Ich war nicht fähig, mich zu rühren, konnte ihn nur mitfühlend anstarren, wie er kurz zur Zimmerdecke aufschaute und dann mit schwerer Stimme das Ende seiner Mutter beschrieb, als hätte er es selbst erlebt und nicht nur von seiner Tante erfahren. In seinen Bildern sah er den einst geschundenen

und nun aufgrund der monatlichen Entbehrungen und der Entbindung völlig entkräfteten Körper seiner Mutter dort im Bett liegen. Was mochte sie gedacht haben während ihrer letzten Stunden, etwa vier Wochen nach Rudis Geburt, bis sie den letzten Atemzug getan hatte? Rudi richtete seinen Blick auf mich: „Paul", sagte er, „musste sie mich nicht verfluchen? Ich trug die Schuld an ihrer Misere. Durch mich hat sie ihre Arbeit verloren und letztlich auch ihr Leben. Meine liebe Mutter." Rudi wandte sich ab. Er wollte nicht, dass ich ihn weinen sah. Er weinte um seine Mutter, er weinte aber auch um sich. Wie unsagbar schwer musste mein Freund daran getragen haben, seit er seine Geschichte erfahren hatte. Ich wollte ihn ermutigen und war auch überzeugt von meinen Worten, als ich mit Nachdruck sagte: „Deine Mutter hat Dich geliebt Rudi, glaub mir. Es hätte Wege gegeben, Dich weg zu machen. Sie hat sich für Dich entschieden, ich bin sicher, dass sie in Dir niemals Deinen verabscheuungswürdigen Vater gesehen hat, immer nur ihr geliebtes Kind."
„Das hat meine Tante auch gesagt", bemerkte Rudi ohne Überzeugung. Seine Augen waren gerötet, aber er wirkte seltsam erleichtert, als ich ihm zunickte und brachte ein Lächeln zustande.
„Na, siehst Du", versuchte ich ihn weiter aufzumuntern, „Deine Tante war dabei, die hat Deine Mutter bis zum Schluss erlebt. Die muss es wissen", ich war aufgestanden und beschloss für uns beide: „Und jetzt machen wir uns etwas zu essen."
Während der Mahlzeit schwiegen wir lange. Ich musste das Erfahrene verarbeiten, brannte aber auch darauf,

mehr zu erfahren, doch wagte ich nicht, Rudi zur Fortsetzung seines Berichts aufzufordern. Irgendwann ergriff er selbst das Wort:
„Ich bin dann ins Waisenhaus gekommen."
Zutiefst erschüttert ließ ich meinen Löffel auf den Teller fallen. Ich starrte meinen Freund an, als glaubte ich, ihn falsch verstanden zu haben: „Man hat Dich ins Waisenhaus gesteckt? Aber Rudi, Du hast mir doch gerade von Deiner Tante erzählt. Ich habe gedacht…"
„Meine Tante war alleinstehend."
„Ja, aber", wollte ich einwenden, doch Rudi hob die Hand, um mir Einhalt zu gebieten:
„Paul, lass mich ausreden." Er wartete einen Moment, bevor er mir erklärte: „Sie war ganz allein. Meine Tante hatte eine winzige Wohnung und selbst dafür konnte sie nur mit Mühe die Miete aufbringen. Es war unmöglich für sie, mich aufzunehmen. Kein Platz, kein Geld und denk doch einmal nach, wie hätte sie mit mir am Bein ihre Arbeit behalten sollen? Nein, Paul, meiner Tante kann ich keine Vorwürfe machen", er hielt einen Moment inne, „vielleicht hätte sie mich öfter besuchen können, solange ich noch im Waisenhaus war."
„Das wäre das Mindeste gewesen", empörte ich mich kopfschüttelnd.
Rudis einziger Kommentar hierzu lautete: „Lass mal gut sein, Paul", bevor wir erneut in Schweigen verfielen. Erst, als wir den Abwasch erledigten, fragte ich:
„Du bist also ins Waisenhaus gekommen. Und was geschah dann?"
Rudi hatte im Waisenhaus keine Liebe und keine Zuneigung erfahren. Im Alter von vier Jahren wurde er in

einen Raum gerufen, in dem er gemeinsam mit anderen Kindern warten musste. Es war nicht das erste Mal, dass er wie bei einer Viehbeschau von fremden Menschen begutachtet wurde. Im Beisein der Kinder richteten diese Leute ungeniert Fragen an die Heimleitung. Sie wollten alles über das Verhalten der einzelnen Kinder oder deren Gesundheits- und Geisteszustand erfahren. Manche fragten ganz direkt, ob eine Behinderung jeglichen Grades ausgeschlossen sei. Als Rudi dies anführte, musste er lachen: „Oh, nein", sagte er, „damals war das nicht witzig. Wir kleinen Wichte sehnten uns alle nach Eltern. Wir wünschten uns alle eine richtige Familie. Hauptsache raus aus dem Waisenhaus, nicht wahr."
Ein humorloses Ehepaar zeigte Interesse an Rudi. Der Mann holte eine Brille aus seiner Jackentasche. Dann trat er wortlos auf Rudi zu, strich ihm durchs Haar, von hinten nach vorn, von rechts nach links. Er suchte nach Läusen, die er nicht fand. Als er sich umdrehte, schüttelte er fast unmerklich den Kopf und nickte seiner Frau zu. Die Leiterin des Waisenheims wies mit ausgestrecktem Arm zur Tür und ging vor, um zu öffnen. Als das Ehepaar gemeinsam mit Frau Meiser, der Oberin, den Raum verließ, ohne sich von den Kindern verabschiedet zu haben, war zu vernehmen, wie die Oberin beteuerte, dass ihr Heim ein sauberes Haus sei: „Wir hatten noch nie Läuse hier", betonte sie nicht ohne Stolz.
Am Tag darauf wurde Rudi von diesen so streng anmutenden Leuten abgeholt. Er bekam ein eigenes Zimmer, in dem sich keine Spielsachen befanden. Das

Essen war schlechter als im Heim und die Kleidung, die ihm verpasst wurde, war zum größten Teil nicht neu.

Der Mann, den er Vater nennen sollte, arbeitete in einer Fabrik. Morgens ging er so früh aus dem Haus, dass Rudi ihn nicht zu Gesicht bekam, wenn er abends nach Hause kam, war er oftmals übel gelaunt und redete nicht viel. Seine neue Mutter gab sich zwar Mühe, aber irgendwie bekam sie es nicht hin, dass Rudi sich wohl fühlte.

„Ihr Mann war ein Trinker", sagte Rudi und hielt mir ein Bier hin, das er aus dem Kühlschrank geholt hatte, „er war unberechenbar, nicht wahr, und brutal: Plötzlich durfte ich nicht mehr mit anderen Kindern spielen, sondern nur noch im eigenen Garten ganz allein. Und schmutzig machen durfte ich mich nicht. Er hat mit dem Stock auf mich eingedroschen, wenn ich im Sand gebuddelt hatte und die Hosen verdreckt waren. So war das, nicht wahr, und ich war unglücklich, Paul, richtig unglücklich. So hatte ich mir das mit Eltern nicht vorgestellt.

Und weißt Du was, Paul? Mir ist nicht klar, ob ich ihm noch böse sein will. Er war ein Arbeiter…das wusste ich natürlich damals nicht. Ich habe mich manchmal gefragt, später, ob er vielleicht versucht hat, mehr aus sich zu machen, aber gescheitert und daran zerbrochen ist. Das Übel nahm ja noch zu…" Rudi nahm einen kräftigen Schluck aus seiner Flasche. Wir saßen am Tisch und ich verspürte die erste Müdigkeit, wollte aber unbedingt mehr hören: „Weiter", bedeutete ich ihm fort zu fahren.

„Wie bitte?" Rudi schreckte aus seinen Gedanken auf.
„Weiter, Rudi, erzähl doch weiter", beschwor ich ihn.
„Ach ja. Wo war ich? Ja, ich habe gesagt, dass es noch schlimmer kam, stimmt's?" Ich nickte.
„Dann bekamen die Beiden ein eigenes Kind. Plötzlich hatte es geklappt. Da wurde das Essen noch knapper. Fast täglich hat er mich getriezt. Er hat mich misshandelt und ständig bekam ich zu hören, dass man mich nicht aus dem Waisenhaus geholt hätte, wenn man gewusst hätte, dass noch ein eigenes Kind kommen würde." Rudi lehnte sich auf seinem Stuhl zurück und reckte sich: „Wird Zeit, dass wir ins Bett kommen. Sonst schaff ich Morgen nicht die Schicht."
Am folgenden Tag erfuhr ich, dass Rudi nur noch kuschen durfte. Selbst für Kleinigkeiten hatte er Schläge, meist Ohrfeigen und Tritte bekommen.
Dann erzählte mein Freund von einem Geschehnis, das selbst mir, der ich mich für hart gesotten hielt, arg zusetzte: Mein Freund war von seinem Stiefvater ausgeschickt worden, um Tabak zu kaufen. Eine Mark hatte er ihm gegeben. Rudi machte sich sogleich zu dem Laden auf, der wenige hundert Meter entfernt lag. Auf seinem Weg hielt er inne, als er in einer Hofeinfahrt Kinder bemerkte, die sich mit Seilspringen vergnügten. Fasziniert sah er ihnen von der Straße aus zu und trat dabei vom einen auf das andere Bein und das genau im Takt des aufpeitschenden Seils. Rudi war Fünf, die Kinder dort im Hof vielleicht Acht oder Neun. Irgendwann hatte eines der zwei Mädchen unter ihnen gerufen: `Hey, guckt mal, der Kleine da, ist der nicht süß?´ Es winkte ihm und rief: `Komm doch,

Kleiner. Willst Du auch mal versuchen?´
Rudis Stiefvater zeigte später kein Verständnis dafür, dass ein Fünfjähriger beim Anblick spielender Kinder (und besonders, wenn er zum Mitmachen aufgefordert wird) durchaus eine ihm aufgetragene Arbeit für eine gewisse Zeit vernachlässigen konnte. Rudi hatte den Tabak nicht vergessen, nur für wenige Augenblicke aus den Augen verloren, könnte man sagen. Tragisch an der Sache war die Tatsache, dass Rudi, als er im Tabakladen stand, bemerkte, dass er das Geld verloren hatte. Man kann annehmen, dass Rudi für die verspätete Rückkehr ein paar Ohrfeigen kassiert hätte, jedenfalls schätzte er selbst, auch als er mir die Geschichte erzählte, die Situation so ein. Doch ohne Tabak heimkehren…und ohne Geld? Dieses brutale Schwein (Ich bitte für diesen Ausdruck um Entschuldigung, aber ich habe so gefühlt, als ich erfuhr, was er getan hatte, wer bloß hat ihn einst bewegt, ein Kind aufzunehmen?); dieses Schwein schnappte sich den kleinen Jungen, schleppte ihn in den Stall, band ihn dort fest und schlug so lange auf ihn ein, bis er selber müde war.
Rudi konnte drei Tage lang nicht laufen, er wurde immer wieder von seinem Stiefvater beschimpft und am Abend ohne Essen ins Bett geschickt.
Ich war beinahe zornig, und ich regte mich über Rudis Seelenruhe auf, mit der er das Erlebte offen legte: „Wie kannst Du nur so nüchtern bleiben", beklagte ich mich, „Du bist fast zu Tode geprügelt worden, dieser Mistkerl hat Dich verhungern lassen…"
„Hat er nicht. Paul, ich lebe doch noch." Rudi musste kichern.

„So gut wie verhungern lassen hat er Dich."
„Ich weiß. Er war verzweifelt. Seine Arbeit warf nichts ab. Das erklärt einiges."
„Ich hör wohl nicht richtig, was? Bockmist, Rudi, ein Kinderschänder war das. Was heißt hier `War das´. Was macht der eigentlich heute. Der muss doch noch leben."
„Kann sein." War Rudi verlegen? Ich hatte den Eindruck. Bevor ich weiter bohren konnte, fuhr er fort: „Als Mattes laufen konnte, musste ich auf ihn aufpassen und mit ihm spielen. Ich war nicht immer gut auf ihn zu sprechen. Der Kleine wurde einigermaßen verzogen. Er bekam zum Essen die größeren Portionen. Ihm geschah nichts, wenn er sich bekleckerte. Wenn er seinen Willen nicht bekam, fing er an zu schreien. Ein richtiger Tyrann war das, dieser kleine Junge. Was mir unmöglich war, erwies sich für ihn als Kinderspiel."
Rudi überraschte mich mit seinem plötzlichen Gewieher. Er hatte sich bereits beruhigt, bemerkte aber meine Hilflosigkeit und prustete erneut los. Mit Tränen gefüllten Augen stieß er hervor: „Kinderspiel, Paul. Kinderspiel. Nicht wahr, Paul, das habe ich so daher gesagt. Wenn das nicht ein richtiges Kinderspiel war? Er konnte seinen Vater um den Finger wickeln. Wenn ich ihm die Aufmerksamkeit verweigert habe, hat er mich an den Haaren gerissen. Das tat weh. So habe ich ihm aus der Not heraus auf die Finger gehauen. Wenn das mein Stiefvater mitbekommen hat, wurde ich wieder in den Stall geschleppt. Festgebunden hat er mich und mit dem Riemen geschlagen."
„Mein Gott, Rudi, das tut mir unsagbar Leid."

Rudi achtete gar nicht auf meine Worte. Er wirkte plötzlich müde und nahezu mit Erleichterung brach es aus ihm heraus: „Dann war es auch bald vorbei. Als ich zur Einschulungsuntersuchung musste, hat der Arzt die Spuren der Misshandlungen entdeckt. Von da an ging alles ganz schnell. Man hat mich wieder in das Waisenhaus gebracht, und zum ersten Mal habe ich mich dort wohl gefühlt. Die Frau, die meine Stiefmutter war, hat geweint, als ich abgeholt wurde. Heute weiß ich, dass ihre Tränen etwas mit Scham zu tun hatten, aber zu der Zeit, daran kann ich mich genau erinnern, habe ich das nicht verstanden, dass sie geweint hat, weil ich dachte, sie müsste froh sein, wenn ich nicht mehr da bin, weil sie mich doch überhaupt nicht wollte. Sie hatte doch jetzt einen eigenen Jungen."

Rudi ließ sich ein paar Tage Zeit, ehe er sich dazu durchrang, mich weiter in sein Leben einzuweihen. Ich denke, dass er nicht sicher war, ob ich mehr hören wollte, denn ich hatte mich ausgeschwiegen, was daran lag, dass ich bestürzt war, nicht geahnt hatte, dass dieser intelligente, freundliche Mensch eine derart schwere Kindheit hinter sich hatte. Wie konnte Jemand nach all diesen Erfahrungen so offen und herzlich sein, so unerschütterlich gelassen, und das mit einer Stetigkeit ähnlich der Morgendämmerung, die sich auch nicht vertreiben lässt. Ich hatte ihn sozusagen noch einmal kennen gelernt und musste ihn als Freund neu finden. Aus dem Grund wagte ich nicht, ihn zu bedrängen, zu sehr fremd erschien er mir plötzlich. Letztlich war ich aber froh, als er von sich aus seine Schilderung wieder

aufnahm.
Rudi war ein Jahr später in eine neue Pflegefamilie gekommen. Ein schon nicht mehr junges Beamtenehepaar hatte ihn in seine Obhut genommen und Rudi gelehrt, dass es so etwas, wie eine gut funktionierende Familie gibt. Hier gab es Geld für ordentliche Kleidung. Er wurde nett behandelt, so stand zum Beispiel seine neue Pflegemutter mittags summend in der Küche und richtete das Essen. Zusammen saßen sie allein am Tisch (sein Pflegevater war auf dem Amt) und unterhielten sich. Die Frau war an seinem Wohlergehen interessiert, was Rudi wohl tat.
Schon bald kam er in die Schule, wo er früh zeigte, dass er gern lernte. Die Pflegeeltern erkannten seinen Eifer und schickten ihn aufs Gymnasium. Toll, habe ich gedacht, jetzt beginne ich zu verstehen. So ist doch noch alles gut geworden. Rudi betonte, was überhaupt nicht nötig war, dass er keine Schläge mehr bekommen hat.
Als Zehnjähriger trat er, wie so viele andere Jungen, in die Hitlerjugend ein, und seine guten Schulnoten brachten ihm zum ersten Mal Anerkennung. Nun war es so, dass ihm seine Lebensphilosophie (was er als Zehnjähriger natürlich noch nicht durchschaute) gar nichts anderes gestattete, als seinen Pflegeeltern mit Dank und Zuneigung zu begegnen. Rudi erklärte mir, dass diese Jahre seine glücklichsten gewesen waren. In der Schule kam er gut voran. Er lernte Englisch und Französisch, bis ihm der Krieg in die Quere kam.
Rudis Pflegevater war in Aufruhr, als er dem aus der Schule heimkehrenden Jungen auf dem Hausflur ent-

gegentrat. Seine Frau hatte ihn auf dem Amt besucht, was völlig unüblich war. In der Hand hielt sie einen Brief, den sie ihrem Mann über den Tisch schob:
„Der Junge soll in den Krieg", sagte sie mit flehentlicher Stimme, als würde sie sich davon versprechen, dass ihr Mann dies verhindern könnte. Er begleitete sie auch sogleich nach Hause, nachdem er sich vom Dienst abgemeldet hatte, und behielt noch eine Weile für sich, dass er, nüchtern betrachtet, nicht die Macht hatte, den Jungen vor dem Kriegseinsatz zu bewahren. Er war über die Frontverschiebung der Russen, die inzwischen bedrohlich geworden war, informiert. Konnte er aber damit rechnen, dass verantwortungslose Kriegsstrategen selbst vor Kindern nicht halt machen würden? Teile der Hitlerjugend waren an der Panzerfaust ausgebildet. Rudi gehörte zu ihnen und wurde ein Soldat.
Glücklicherweise konnte er sich früh genug einem Mann anschließen, der keine Lust aufs Sterben und genug Mut zur Fahnenflucht hatte. Am nächsten Morgen schon waren die Russen vor Ort und statt in russische Gefangenschaft kam Rudi unerwartet nach Hause, wo er sich versteckt hielt.
Nach dem Krieg setzte Rudi die Schule fort. Er war mittlerweile sechzehn Jahre alt und seinen Pflegeeltern blieb nicht verborgen, dass ihr Kind zu einem jungen Mann gereift war. Mein Freund war in den Krieg aktiv hinein gezogen worden, wenn auch seine Erlebnisse das Geschehen des Krieges nur tangiert hatten; zweifelsohne aber hatte er damit die in jenen Tagen elende Welt der Erwachsenen betreten, und die Spuren, die

dieser Gang hinterließ, waren nicht mehr zu verwischen. Seine Zieheltern mögen vielleicht ein wenig wehmütig gewesen sein, denn auch für sie bedeutete diese Erkenntnis einen Schritt in eine neue Zukunft. Sie hatten in ihrer Erziehung stets großen Wert auf gute Manieren und eine ansprechende verbale Ausdrucksweise gelegt, und wie ich heute noch bezeugen kann, haben sie bei Rudi erfolgreiche Arbeit geleistet. Sie haben ihn weiterhin zu guten schulischen Leistungen ermuntert (Rudi bereiteten Französisch und Geschichte am meisten Freude) und schließlich schaffte er ohne Probleme mit Achtzehn sein Abitur.
Bei allen Plänen und Vorsätzen richtet sich das Leben selbst doch in den seltensten Fällen nach diesen. Das liegt daran, dass Pläne allein oder in einem kleinen Kreis geschmiedet werden, die Verwirklichung hingegen im Allgemeinen weitere, vielleicht sogar viele Personen einbezieht, die ihrerseits eigene Interessen verfolgen. Dies aber schließt die Möglichkeit eines berechneten Lebens aus.
Gemeinhin denken Eltern ihren Sprösslingen eine Rolle im Leben an (kann sein, eine, die sie für sich selbst gewünscht hätten). Rudis Eltern hatten wohl den Fehler gemacht, dass sie den Jungen nicht in ihr Vorhaben eingeweiht hatten. Wie selbstverständlich waren sie davon ausgegangen, dass Rudi die Beamtenlaufbahn einschlagen würde, ja, wollte. Sie waren wie vom Donner gerührt, als er ihnen eröffnete, dass er ihre gut gemeinten Absichten, ihre Sorge um ihn zwar schätzte, aber keineswegs Beamter zu werden beabsichtigte. Er hatte für sich bereits beschlossen, Geschichte zu stu-

dieren. Insofern (auch er hatte sie nicht eingeweiht) stand er seinen Eltern in nichts nach, vielleicht musste man ihm zu Gute halten, das er lediglich für sich selbst, für sein Leben, seine Zukunft geplant hatte, die Pflegeeltern aber für eine andere Person, wenngleich ein Familienmitglied. Im Laufe der folgenden Wochen war es zu Streitigkeiten gekommen, die irgendwann eskalierten. Die Eltern sprachen von einer gesicherten Existenz, Rudi legte keinen Wert darauf, sie redeten von einem eigenen Büro, er entgegnete, das auch woanders haben zu können, er würde sich nicht kaputt schuften müssen, was er mit einem mitleidigen Lächeln und der Frage „Was soll das?" quittierte. Schließlich wussten sie sich nicht anders zu helfen, als ihn der Undankbarkeit zu bezichtigen. Dieser Vorwurf kränkte Rudi zutiefst, denn er hatte immer alles getan, um seinen Pflegeeltern zu zeigen, wie verbunden er ihnen war. Tagelang mied er den Umgang mit ihnen, so unglücklich, so hin- und hergerissen war er. Das konnte doch nicht sein, überlegte er, dass sie seine Dankbarkeit oder auch die Ruckzahlung ihrer jahrelangen Investition, wenn man es so verstehen wollte, nur darin sahen, dass er ein „Scheißbeamter" wurde, der tagtäglich in einem miefigen Büro seine Stunden absaß, pünktlich um Neun seine Brote aus der Tasche zog und auf dem Tisch ausbreitete, Kaffee aus seiner Thermoskanne in den Becher goss, eine Viertelstunde lang kauend die Decke anstarrte, oder durch das Fenster in den Regen oder die Sonne oder die Jahreszeiten hinaus schaute und immer nur von dem Gedanken beseelt war, wie „scheißsicher" doch seine Existenz war und dabei vom vielen Sitzen

ein dickes Gesäß bekam, obwohl, sein Lächeln war bitter, als er gewahr wurde, dass sein Pflegevater sich eine schlanke Gestalt bewahrt hatte. Doch das änderte gar nichts. Er wollte nicht Beamter werden und erkannte endlich, dass ihm nur eine schmerzhafte Möglichkeit blieb. Rudi schrieb einen langen Brief, den er auf seinem Schreibtisch deponierte, packte seine wenigen Habseligkeiten in seinen Seesack und stahl sich nachts unbemerkt davon.
„Paul, ich habe sie niemals wieder gesehen", sagte Rudi so, als wollte er sich entschuldigen, mit plötzlicher Schwermut, „ nie wieder etwas von ihnen gehört, nicht wahr. Sie haben Recht gehabt: Ich bin undankbar gewesen."
„Nein", wollte ich für ihn in die Bresche springen, „wir müssen alle unseren eigenen Weg gehen. Sie konnten nicht loslassen, das war ihr Problem."
„Aber ich habe mich nie wieder nach ihnen erkundigt. Vielleicht waren sie krank, und ich war nicht bei ihnen, um zu helfen, wie sie mir geholfen haben. Paul, nicht wahr, das war nicht richtig."
Ich warf die Hände hilflos in die Höhe. Was sollte ich darauf antworten.

„Ich hatte etwas Geld gespart. Wie ich darauf kam, ausgerechnet nach Bremen zu fahren, weiß ich nicht. Ich hatte keinen bestimmten Grund dafür, nicht wahr, weiß nur, dass ich mich auf dem Bahnhof herum trieb und den Fahrplan studierte. Als ich am Fahrkartenschalter stand und ein Mann mich auffordernd ansah, weil ich nichts sagte, habe ich stotternd eine Karte

nach Bremen ohne Rückfahrt verlangt."
„Hui", zischte ich, „also völlig planlos."
„Ja, kann man sagen. In Bremen traf ich Kurt, der eine winzige Wohnung hatte. Ich muss wohl einen arg niedergeschlagenen Eindruck auf ihn gemacht haben, jedenfalls hat er mich mitgenommen. Ich konnte auf seiner Couch schlafen und fasste schnell Vertrauen zu ihm. Kurt hatte Ähnliches erlebt."
Als ich diese Neuigkeit erfuhr, sprang ich von meinem Stuhl auf.
„Was ist denn, Paul", fragte Rudi und sah unbeweglich zu mir hoch.
„Ach, nichts", stammelte ich, „hatte gedacht, ich krieg 'nen Krampf in der Wade. War blinder Alarm." Daraufhin nahm ich wieder Platz. In Wahrheit war ich in Aufruhr geraten. So lange schon kannte Rudi den Kurt? Mein erstes Gefühl, als Kurt mir die Hand geschüttelt hatte, kehrte zurück. Seit Anbeginn unserer Bekanntschaft hatte ich eine Rivalität verspürt. Es war merkwürdig, weil ich mich überhaupt nicht für derart besitzergreifend halte, aber hätte ich es nicht besser gewusst, dann hätte ich mir in jenem Moment, als ich von der langjährigen Freundschaft meiner beiden Zimmergenossen erfuhr, Eifersucht unterstellt.
Rudi hatte meine Ausrede geschluckt und fuhr in seinen Ausführungen fort: „Wir beschlossen sehr schnell, na ja, nicht wahr, eigentlich hatte Kurt die Idee, in der Ferne unser Glück zu suchen. Zusammen fuhren wir nach Koblenz-Ehrenbreitstein in die französische Kaserne und meldeten uns dort. Nach einer Übernachtung fuhren wir, mit einem Verpflegungspaket und

einer Fahrkarte ausgestattet, nach Straßburg. Hier war eine Sammelstelle eingerichtet, an der sich junge Männer aus ganz Europa einfanden, um ihren persönlichen Schicksalen zu entfliehen…"

Ich starrte Rudi mit offenem Mund an. Hatte ich richtig gehört? Sprach mein Freund von der Fremdenlegion?

„…Nicht wenige wurden von der Justiz gesucht oder versuchten sich auf diesem Wege vor Unterhaltszahlungen zu drücken. Wer in der Kaserne war, befand sich in Sicherheit. Es folgte eine strenge körperliche Untersuchung und für den, der gesund war, galt ab sofort der strenge militärische Ton, und das auf Französisch. Nachdem am vierten Tag der erste Aufnahmeeid abgeleistet war, gab es kein Zurück mehr. Das Leben bis zu dieser Stunde interessierte Niemanden, man legte den ganzen Dreck, den man vergessen wollte, einfach mit seiner Kleidung ab, die gegen eine erste Militäruniform getauscht wurde.

Nach zehn Tagen fuhr der Trupp der Vereidigten in die Hafenstadt Marseille, wo wir nach Algerien eingeschifft wurden.

Ja, Paul, was soll ich sagen. Damit hatte sich mein Vorsatz, Geschichte zu studieren, in Luft aufgelöst. Ich habe mich treiben lassen wie ein Schiffbrüchiger in einem kleinen Kahn auf offener See, ziellos." Damit beendete Rudi an dem Nachmittag seine Schilderung. Mit der flachen Hand klatschte er auf den Tisch, als würde er ein Buch zuschlagen.

Am folgenden Morgen war Rudi äußerst schweigsam.

Kurt, der ebenfalls schon auf war, zog ihn mit der Frage auf, ob er Probleme mit der Verdauung habe. Rudi verstand die Frage überhaupt nicht. Er war zu keinem Gespräch zu bewegen und als es Zeit zum Aufbruch wurde, legte ich ihm nahe, falls er nicht bei der Sache sei, wäre mir lieber, er würde sich krank melden, weil ich gar nichts davon hielt, dass er im Stollen unser Leben riskierte.

Ich fuhr mit einem anderen Kumpel hinab, den ich als zuverlässig kannte. Nachmittags war Rudi wie ausgewandelt. Irgendwie musste es Kurt gelungen sein, ihn wieder aufzurichten. Der war inzwischen auf Schicht. Auf dem Tisch in unserem Zimmer hatte Rudi zwei Gedecke aufgetragen. Er hatte Kaffee aufgebrüht und süße Pfannkuchen gebacken.

„Ich möchte mich für heute Morgen entschuldigen", sagte er und setzte sich zu mir.

Ich winkte ab: „Schwamm drüber. Was hat der Doktor gesagt?"

„Der Doktor? Ach ja, der Doktor. Ich wusste nicht, was ich ihm sagen sollte. Ich habe ihm Kopf- und Gliederschmerzen vorgegaukelt. Ich soll Morgen wieder kommen, falls es nicht besser ist."

„Ist es besser?", erkundigte ich mich und sah meinen Freund prüfend an, nicht ohne Hintergedanken. Den ganzen Tag über hatte ich gerätselt, was Rudi aufs Gemüt geschlagen sein mochte. Mir waren seine letzten Worte des Vorabends durchs Hirn gegeistert. Die Melancholie, die hintergründig präsent war, als er seine verworfenen Studienpläne anführte, die Bestimmtheit, mit der er auf den Tisch gehauen hatte, der Knall, der

mir im Stollen im Ohr nachhallte. Diese Entschlossenheit, mit der er offenbar den Gedanken gleich wieder vom Tisch hatte fegen wollen, der ihm aus Versehen heraus gerutscht war. War das so? Ich hatte mich gefragt, ob ihm dies nicht geglückt war, den Gedanken zu vertreiben, weil der Schmerz dabei stärker war, als ein Bauchschuss. Sein großes Ziel hatte er nicht erreicht, warum war er dann von zuhause weg gelaufen? Mein Freund Rudi hatte seine Seele stattdessen an die Fremdenlegion verheizt. Ich wusste zu diesem Zeitpunkt noch nicht, was ihm dort widerfahren war, doch sollte ich alles erfahren. Rudi antwortete ohne Elan:
„Ja, ist besser", und biss in seinen Pfannkuchen. Er druckste ein wenig rum: „Bist Du mit dem Kumpel klar gekommen? Wer war denn das überhaupt?"
„Heißt Walter. Walter Koslowski. Ganz in Ordnung."
„Ah ja." Er kaute. Dann sah er mich an, und ich erwiderte seinen Blick, bis er sich abwandte. Er stand auf, ging zum Fenster: „In einer Wüstenkaserne", begann er, „mussten wir den Eid auf die Legion ablegen. Paul, da wird dir Angst und Bange. Es gibt drei Möglichkeiten." Rudi bewegte, während er nach draußen schaute, den Kopf von links nach rechts, als verfolgte er jemanden, der unten über den Hof liefe: „Drei Möglichkeiten, nicht wahr, mehr nicht", er drehte sich zu mir um und lehnte an der Fensterbank, „entweder hältst du die Hölle durch, oder du machst schlapp und gehst vor die Hunde…"
Als Rudi stockte, weil er bemerkt hatte, wie ich an seinen Lippen hing, kam er auf mich zu. Eindringlich sah er auf mich herab: „Möglichkeit drei: Du machst Dich

aus dem Staub, aber eins ist gewiss; das hat noch Niemand geschafft. Die holen dich zurück und stellen dich an die Wand. Paul, glaub mir, da weiß Keiner vorher, auf was er sich eingelassen hat. Jeder ist irgendwann so weit, dass er nur noch durchhält, weil er an seinem elenden Leben hängt, in der Hoffnung, diese endlos anmutenden fünf Jahre irgendwie zu überstehen. Du hast dich nämlich für mindestens fünf Jahre verpflichtet, wenn du in der Wüste angekommen bist. Viele sind vom ersten Tag an dem Tod geweiht. Ich habe Kameraden nach wenigen Tagen im Schlaf weinen gehört. Kaum zu glauben, wenn bedacht wird, dass hier Elitesoldaten ausgebildet wurden, was nichts anderes bedeutete, als aus Menschen gefühllose Kampfmaschinen zu machen. Wüstenmärsche, Überlebenskampf tagtäglich, Schmerzen, Hunger, Durst und Folter. Alles gehörte dazu."

Ich war entsetzt über diese Darstellung der Unmenschlichkeit und zugleich erfüllt von Dankbarkeit dafür, dass Rudi stark genug gewesen war, das Inferno zu überstehen und, was so unglaublich und dennoch nicht zu bestreiten war: Er hatte vielleicht eine Kampfmaschine sein müssen, verroht und nur auf den Erhalt der eigenen Existenz und die Durchsetzung französischer Interessen getrimmt, aber er hatte sich dem Horror abgewandt und war stattdessen zu einem Menschenfreund geworden.

Nach sechs Monaten gab es den ersten Urlaub, der für die meisten unter ihnen ein permanenter Zustand im Suff war. Rudi erinnerte sich: „Die haben gar nicht gemerkt, wie sie von den Huren ausgenommen wur-

den."
„Die hatten es wohl sehr nötig", scherzte ich, für den von jeher der Grundsatz galt, behutsam mit seinem Geld umzugehen. Ich empfand als große Eselei, sich an die Grenze zum Tod zu begeben (für viel Geld kein Tabu für mich), aber dann alles zu verpulvern. Niemals habe ich umsonst gearbeitet, immer musste unter dem Strich, nach Abzug aller Ausgaben, das Geldsäckel ein wenig schwerer werden. Ich schreckte aus meinem Gedanken auf, denn Rudi behauptete:
„Paul, Du willst mir aber jetzt nicht erzählen, dass Du nach sechs Monaten Abstinenz nicht auch nach einer Frau gegiert hättest? Ich gebe zu, dass ich gar nicht viel besser war, als meine Kameraden."
„Das kann ich nicht glauben, Rudi, dass Du..."
„Du traust mir nicht zu, dass ich zu einer Hure gehe?"
„Ach was, natürlich ...aber das ganze Geld?" In mir machte sich so etwas wie Enttäuschung breit.
Rudi entgegnete: „Ich verstehe, was Du denkst, aber da gab es schon einen Unterschied. Ich habe nie so viel vom Trinken gehalten, nur so viel, dass ich noch Herr meiner selbst war. Deshalb war ich auch nicht blank, als wir nach Indochina verfrachtet wurden."
„Indochina? Kann nicht sein, oder?"
„Doch, durchaus, dafür waren wir angeheuert worden. Von Anfang an waren wir für Indochina bestimmt."
„Aber warum", wollte ich wissen, „was hatten die Franzosen da zu suchen? Das ist doch am anderen Ende der Welt." Ich griff nach der Kanne und schenkte uns Kaffee nach, während Rudi mich abschätzend ansah:

„Du weißt aber doch, dass Frankreich Kolonialmacht ist, Paul, das weißt Du schon, oder?"
„Das ist es nicht…", natürlich wusste ich das und tat verstimmt. Nach einem kurzen Schweigen prustete Rudi los: „Man könnte denken, dass Du jetzt beleidigt bist." Ich sprang auf, legte ihm den Arm um den Hals und würgte meinen Freund ohne Energie, denn ich wollte ihm nicht weh tun. Wir lachten beide und Rudi drohte mit verstellter heiserer Stimme: „Hey, Paul, Du hast wohl nicht zugehört, ich habe eine Kampfausbildung hinter mir. Mit einem Handgriff könnte ich Dir das Genick brechen." Schlagartig ließ ich von meinem Freund ab. Wie viele Menschen hatte er denn auf diese Weise getötet? Wie viel Blut klebte an seinen Händen. Konnte dieser Mensch mir ein Freund sein, mir, der Gewalt verabscheute. Sollte ich den Soldaten beurteilen, die Vergangenheit, die blutige, mörderische; war er verantwortlich für sein Tun, obwohl er nur Befehle ausgeführt hatte, und doch, er war aus eigenem Entschluss in die Fremdenlegion eingetreten. Hatte er getötet, gemetzelt, Sterbenden zugesehen, hilflos, wehrlos, machtlos oder etwa mit Genugtuung und glühenden Augen? Warum hatte ich ihn gleich in mein Herz geschlossen, er hatte mir gar keine Wahl gelassen. Seine Gutmütigkeit war nicht gespielt, nein, da war nichts aufgesetzt. Er war aus seinem Inneren heraus positiv gestimmt. War für meine Beurteilung entscheidend, wie er heute war, durfte ich Geschehenes vergessen? War ungeahndetes Unrecht ohne Bedeutung?
„Paul, Du bist kreideweiß", hörte ich Rudi wie aus weiter Ferne sagen, als ich, die Fäuste auf den Tisch

gestemmt, vor ihm stand, „Paul, ist Dir nicht gut?"
Ratlos ließ ich mich auf meinen Stuhl fallen und winkte ab: „Schon wieder gut, der Kreislauf."
„Komm, trink Kaffee, das hilft", sagte er besorgt und reichte mir meine Tasse. Ich hatte plötzlich Angst, dass er mir irgendwann beichten könnte, was er selbst getan... Solange ich nichts wusste, ...war es nicht angebracht, mich weiter mit solchen Gedanken zu quälen.
„Indochina gehört seit Achtzehnhundertsiebenundachtzig zum französischen Kolonialreich", erklärte Rudi. Selbst die Jahreszahl hatte er im Kopf. Geschichte, klar, sein Lieblingsfach. Warum nicht etwas über Indochina lernen, überlegte ich. Mir war nur bekannt gewesen, dass die Amerikaner dort aktiv waren (aber die Franzosen?). Ich wusste, wo Indochina lag und dass es dort nicht friedlich war, was wohl überaus milde ausgedrückt war, wie ich erfahren sollte:
„Die Japaner haben Indochina im Zweiten Weltkrieg besetzt. Damit waren die Franzosen ihre Kolonie erst einmal los. Riesengebiet war das. Kambodscha, Laos und Vietnam. Das war fast alles, was zwischen China und Indien lag."
„Klar", mischte ich mich ein, „die ganze große Halbinsel."
„Ja, genau", wurde anerkennend bestätigt, „na, die Japse mochte keiner, und das hat die Vietnamesen auf den Plan gerufen. Die wollten plötzlich unabhängig sein. Da gab es Kommunisten, die das durchsetzen wollten. Ja, und wenn erst mal Einer angefangen hat..." Rudi strich sich mit dem Zeigefinger über die Oberlippe, als wolle er den Schnurbart richten, den er nicht hatte. Er

fuhr fort: „Als die Japaner als Kriegsverlierer da standen, hat sich Vietnam, wie frech, zu einem souveränen Staat ausgerufen, nicht wahr, ja. Das wollten sich nun wieder die Franzosen nicht gefallen lassen, die Indochina immer noch als ihre Kolonie ansahen. Schon nach ein paar Tagen haben sie die ersten offiziellen Truppen nach Hanoi geschickt und kurz darauf kamen die ersten Fremdenlegionäre, die reaktiviert wurden und später wurden neue ausgebildet."
„Aha", sagte ich und trat ans Fenster. Die Sonne des Frühherbstes tauchte bereits tief in die Baumkronen ein und flimmerte durch das löchrige Laubwerk. Rudi gesellte sich zu mir:
„Schöner Tag eigentlich", bemerkte ich.
„Ja", gab mein Freund zu, „sollen wir noch etwas gehen?"
„Warum nicht. Bis zum Essen ist noch Zeit."
In unmittelbarer Nähe unseres Wohnheimes zog sich ein langgestreckter Wald am Rand des Ortes hin. Hier spazierten wir oft, zumeist an den Sonntagen und fast immer zu Zweit. Wir hatten während der vergangenen Monate mehrere Wegstrecken mit unterschiedlichen Längen abgesteckt. In Anbetracht der nahenden Dunkelheit entschieden wir uns an diesem Tag für den Dreißig-Minuten-Weg. Das erste trockene Laub raschelte unter unseren Füßen, als ich den Gesprächsfaden wieder aufnahm:
„Das ist sehr interessant, Rudi, was Du über Indochina gesagt hast."
„Ja, wirklich? Ich langweile Dich nicht?"
„Überhaupt nicht. Aber sag mal, woher weißt Du das

alles. Hast Du das irgendwo gelesen? Ich meine, wo kann man so etwas nachlesen?"
„Es gibt nicht nur Romane und Gedichte in Büchereien, Paul. Die interessantesten Bücher dort waren für mich schon immer diejenigen, die Fakten enthielten. Nichts ist spannender als das wirkliche Leben."
Wie Recht er doch hat, dachte ich und verspürte unverhofft eine unbändige Lust, mich über alle Geschehnisse unserer Welt zu informieren. Ich wollte sein, wie Rudi, wissensdurstig und strebte an, eines Tages erzählen zu können, überall mitreden zu können. Sollten die Anderen zuhören. Ich wollte sein, wie mein Freund Rudi, der schmunzelnd und auf seine bescheidene Art überlegen neben mir her spazierte, die Hände auf dem Rücken übereinander gelegt, den Blick nach unten gewandt.
„Wir wurden natürlich auch während unserer Ausbildung in Kenntnis gesetzt über das, was in Südostasien geschah. In aller Offenheit, nicht wahr. Die wollten nicht, dass wir zu naiv da runter gingen. Sie haben's so verkauft, dass wir schließlich, zumindest der größere Teil verstanden hat, warum wir so hart gedrillt wurden. Ich sag es noch einmal, Paul: Keiner hat gewusst, was auf ihn zukommt. Kurt…", als er den Namen nannte warf ich ihm einen Seitenblick zu, „Kurt zum Beispiel war ja derjenige, der diese Idee von der Fremdenlegion hatte. Der hatte gedacht, wir spielen ein bisschen Krieg, ballern in der Wüste mit scharfer Munition herum oder so was. Ein Abenteuer halt. Das hat er erwartet. Ich will nicht sagen, dass er feige ist, oh nein, das ist er nicht, will ich nicht sagen, Paul. Kurt wollte nur

für sich das Risiko ausschließen, nicht wahr. Er wollte nicht riskieren, von irgendeinem wild gewordenen Schlitzauge über den Haufen geschossen zu werden, wie er das einmal ausgedrückt hat. Das war doch plötzlich kein Spiel mehr. Ha", Rudi lachte vor sich hin, „ich weiß bis heute nicht, wie er das geschafft hat, in Algerien bleibe zu dürfen…"

„Was? Der war gar nicht in Indochina? Du meinst, der…, der brockt Dir das Ganze ein und selbst hat er sich gedrückt?" Empört blieb ich stehen, während Rudi noch ein paar Schritte ging, ehe er sich zu mir umdrehte.

„Nein, Kurt ist diese Hölle erspart geblieben." Milde griente er mich an, denn er wusste um meine Schwierigkeiten mit Kurt, auch, wenn ich niemals offen darüber gesprochen hatte. Rudi aber klang nicht verbittert, auch nicht so, als hätte ihn sein Freund verlassen, als ein Freund nötig gewesen wäre, und das Schlimmste war, dass er genau so empfand. Ich wusste es besser, konnte mich nicht geirrt haben in meinem Bild von Kurt, der eines Freundes unwürdig war. Der dachte in erster Linie immer nur an sich, einer der ganz rücksichtslosen Sorte. Oh, wie aufgebracht ich in diesem Moment war. Dennoch setzte ich den Gang fort. Rudi ließ mir ein wenig Zeit, nicht ahnend, wie ich in Gedanken diesen ach, so tollen Kurt auseinander nahm, diesen verschlagenen Burschen, der seine Zeit in Algerien zu nutzen wusste, ihm zuträgliche Kontakte zu knüpfen; doch das erfuhr ich erst viel später.

„Hör zu, ich möchte noch einmal auf Deine Frage zurück kommen", wollte Rudi offenbar die Situation entschärfen, und er wies dabei auf eine Bank am Wegrand, auf die wir uns setzten, „nicht wahr, ich bemerke seit einiger Zeit, dass Du Gefallen am Lesen gefunden hast."

„Nicht am Lesen", versuchte ich zu korrigieren.

„Nein?"

„Gelesen habe ich schon immer. Aber ich hatte es mir bereits abgewöhnt, ich dachte, dass ich darüber hinweg wäre." Rudi sah mich erstaunt an.

„Ja, komisch, nicht?" Ich bückte mich vornüber, nahm eines der Blätter in die Hand und massierte es sanft zwischen den Fingern. Ich fuhr fort: „Weißt Du, wenn man immer nur Schundromane liest, kann man schon irgendwann denken, dass man alles kennt. Ich hatte das Gefühl, verstehst Du? Ich war eben darüber hinweg. Kapitel abgeschlossen."

„Verstehe", bemerkte er knapp.

„Ich habe nur jetzt wieder angefangen."

„Warum?" Unwillkürlich sah ich meinen Freund an. Ich erhob mich: „Komm, lass uns weiter gehen", forderte ich meinen Freund auf. Einige Meter hatten wir zurück gelegt, bis ich mein Unbehagen überwunden hatte. Ich genierte mich wie ein junges Mädchen und hätte mich dafür am liebsten selbst in den Hintern getreten. Rudi war mir ein Vorbild in jeglicher Hinsicht geworden. So, wie ein großer Bruder den kleineren beeinflusst, hatte Rudi, ohne es zu wissen oder beabsichtigt zu haben, mein Leben verändert. Mir musste bestimmt Niemand erklären, was Selbstbewusstsein bedeutet. Ich war bekannt für mein flottes Mundwerk und hatte niemals Scheu empfunden, direkt auszuspre-

chen, was ich dachte; aber immer, wenn ich in Rudis Gesellschaft war, wurde ich zurück haltend. Ich fühlte mich angenehm dabei, auf eine seltsame Weise erleichtert. Das Gefühl ließe sich vielleicht damit beschreiben, dass ich die Verantwortung für etwas Unbestimmtes auf Rudi übertrug, als müsste ich nichts mehr beweisen. Rudi wusste alles, Rudi konnte alles.
Wie aber sollte ich dem Menschen, der neben mir ging, dies erklären? Es entsprach doch so gar nicht meiner Art, mich dermaßen zu öffnen. Ich verspürte nicht die Absicht, mich ausführlich zu erklären und erwiderte schlicht:
„Du hast es eben gesagt, Rudi. Die interessantesten Bücher sind die mit den Fakten. Neuerdings interessiere ich mich für Geschichte."
„Sieh an", lachte Rudi und klopfte mir auf die Schulter. Für einen langen Moment standen wir uns schweigsam gegenüber. Dann drehten wir um, denn das Licht war nur noch kümmerlich.

Kurt war an diesem Tag liegen geblieben. Als wir von unserer Schicht kamen und ins Zimmer eintraten, schnarchte er temperamentvoll. Rudi wollte ihn wachrütteln, wir dachten, er hätte verschlafen, doch dann hielt ich ihn zurück. Ich sagte: „Der glüht ja, siehst Du?"
„Ja, Du hast Recht. Kurt hat's erwischt. Was machen wir?"
„Liegen lassen", erwiderte ich knapp.
„Ob er sich abgemeldet hat? Was meinst Du?"
Ich sah Rudi ungläubig an. Wie sollte ich das wissen.

„Steht ihm wohl nicht auf der Stirn geschrieben. Ich werde mal ins Büro gehen. Irgendwas müssen wir ja tun. Machst Du uns Kaffee?"
„Ja, natürlich. Oder soll ich gehen?"
„Lass mal. Dein Kaffee ist besser." Ich warf meinem Freund einen vielsagenden Blick zu und war schon auf dem Weg. Als ich die Verwaltung betrat, hatte ich mich bereits mit dem Gedanken vertraut gemacht, dass ich Kurts Schicht übernehmen würde, falls man mich fragen würde. Sagte ich bereits, dass ich nichts gegen das Geld hatte? Aber dann wurde ich gar nicht gefragt. Kurt hatte sich am Vormittag krank gemeldet. Ich schlenderte mit gemischten Gefühlen zurück. Einerseits freute ich mich auf eine gute Tasse Kaffee. Ein Luxus, den wir uns leisteten. Meine Gedanken kreisten um den Kranken in seinem Bett, der mich störte. ‚Sei nicht gehässig', rief ich mich zur Räson, als ich vor unserem Zimmer stand, aus dem ich Stimmen hörte und setzte ein Lächeln auf.
„Nee, danke", sagte Kurt, der aufrecht im Bett saß, zu Rudi, als ich die Tür öffnete, „Kaffee möchte ich auf keinen Fall. Ich muss erst zum Arzt."
„´n Tag, Kurt", warf ich ihm einen Gruß zu.
„Ah, Paul. Komm mir nicht zu nahe. Ich hab die Seuche." Kurt grinste säuerlich.
„Er hatte sich schon abgemeldet", bemerkte Rudi mit der Kanne in der Hand, „Du trinkst aber einen Kaffee, oder?" Natürlich hatte er sich abgemeldet. Ich wusste das bereits.
Während Kurt sich für den Arzt bereit machte, verhielten wir uns sehr schweigsam. Das Kinn auf die Hände

gestützt, ruhten wir aus. Wir hingen jeder unseren Gedanken nach, und als Rudi das Schweigen brach, hatte Kurt längst den Raum verlassen:

„Wir wurden mit Spritzen vollgepumpt", begann er, „gegen Malaria und andere Tropenkrankheiten. Danach gab es keinen weiteren Aufschub. Wir trafen zur Zeit des Südwest-Monsun in Vietnam ein. Die Hitze kannten wir aus Algerien. Hier aber litten wir unter der unerträglichen Feuchtigkeit, die hinzu kam. Wir waren wohlweislich an Strapazen gewöhnt worden. Wer hier vietnamesischen Boden betreten hatte, war gestählt und konditionell in hervorragender Verfassung. Zunächst wurden wir in Hanoi kaserniert. Wir mussten uns akklimatisieren, ehe wir zum Einsatz kamen. Die Rebellenorganisation *Viet Minh* wollte um jeden Preis die Unabhängigkeit. Sie hatte inzwischen durch die Unterstützung Chinas einigen Einfluss und verdrängte die Franzosen mehr und mehr aus dem Norden des Landes. Wir sollten das verhindern. Einfach gesagt, aber die Rebellen kannten sich in ihrer Umgebung viel besser aus und wir litten nach wie vor unter dem Klima. Überall lauerten Gefahren, besonders dort, wo man sie nicht vermutete. Neben Sümpfen, Bergen und Dschungel schien das Land nur aus Reisfeldern zu bestehen, nicht wahr. Reisfelder, Paul, soweit man sehen konnte. Die Verbindung zwischen ihnen waren meist nur schmale Dämme. Das Verlassen der Dämme war lebensgefährlich, überall verbargen sich die Rebellen. Wenn wir Rast machten, mussten wir hinterher alle Flaschen und Konserven vergraben, weil wir wussten, dass unsere Feinde aus Allem Waffen zu basteln wuss-

ten.
Es war ein schmutziger, von beiden Seiten mit unvorstellbarer Grausamkeit geführter Krieg, in dem mehr als die Hälfte aller eingesetzten Legionäre gefallen sind.

Wurden aus einem Dorf Rebellen gemeldet, dann haben wir es umstellt und mit größter Brutalität bekämpft. Die Vietnamesen, ach ja", Rudi griente bitter und kratzte sich das unrasierte Kinn, „das waren kleine, aber zähe Leute. Die können einen ganzen Tag lang mit einer Handvoll Reis auskommen. Tagsüber gehörte das Land uns, aber nachts, nicht wahr, da gehörte es den Rebellen. Nicht selten trugen sie während der Finsternis ganze Straßenstücke ab und wir saßen am Morgen in der Falle. Völlig verrückt, Paul, aber wir konnten nicht einmal alleine auf die Toilette gehen ohne Gefahr zu laufen, aus einem Hinterhalt von einem feindlichen Messer getroffen zu werden."
Rudi hielt inne. Er erhob sich, ging einmal um den Tisch herum und setzte sich wieder. Dann sah er mich an und ich meinte in seinem Blick eine Müdigkeit zu erkennen, die er herbei gesehnt hatte. Schlagartig wurde mir bewusst, dass es nicht möglich ist, über etwas derart Barbarisches, völlig Entmenschtes, wenn man es selbst erlebt hat, zu berichten, ohne im Geiste in die Vergangenheit zurück zu kehren. Rudi hatte alles wieder vor sich gesehen. Er war aufgesprungen, um die Geschehnisse abzuschütteln, so wie man kurz vor einem Krampf im Lauf anhält, um sich durch recken zu entspannen.
Nun saß er wieder und blickte mich immer noch an:

„Starker Tobak, nicht wahr, nicht, Paul."
„Donnerlittchen, ja. Hier war der Krieg aus, und Du, Rudi, Du hast Dir gleich den nächsten gesucht. Draufgänger."
Mein Freund faltete seine Hände auf dem Tisch und sah auf sie herab. Seine Worte kamen beschwörend: „Ich habe ihn mir nicht gesucht, Paul. Ich bin da in etwas hinein geraten. Als ich es bemerkte, war alles zu spät."
„Es ist vorbei, Rudi."
„Was sagst Du da? Vorbei soll es sein?"
Da sah ich meinen Freund verlegen an. Was wusste ich denn schon? Ich war niemals an der Front gewesen. Wie kam ich denn dazu, den Oberschlauen zu spielen, der alles einfach vom Tisch wischen konnte.
Er sagte: „Jeder Krieg, von dem ich höre, befördert die Bilder wieder zutage. Ich kann gut schlafen, nicht wahr, ich habe keine Albträume, nur selten… so, wie Jeder sie bisweilen hat. Aber, Paul, vorbei ist das doch nicht. Das geht nie vorbei."
Hier spätestens musste ich erkennen, dass es nicht Rudis Krieg gewesen war, von dem er erzählte. Er hatte Mitleid mit den Menschen und Verständnis für ihren Drang nach Freiheit gehabt. Das war doch absurd. Ich hätte weinen mögen, hätte liebend gern mit der Faust gegen die Wand geschlagen, um mich zu verletzen bei der quälenden Frage, die ich mir stellte und nicht beantworten konnte, weil das für mich einfach nicht zu begreifen war: Wie konnte ein Mensch wie Rudi über Jahre eine unmenschliche Umgebung überstehen, ohne schizophren zu sein? Er war ‚hinein geraten', so hatte

Rudi sich ausgedrückt und konnte nicht mehr raus. Man versetzte ihn vier schlimme Jahre später nach Eritrea, wo er sein fünftes Jahr ableistete und zum Sergeant aufstieg.

Er war ‚hinein geraten'? Aber wie in Teufels Namen konnte er sich dann für zwei weitere Jahre verpflichten?

„Ich weiß", versuchte er mich zu beschwichtigen, da er sah, wie aufgewühlt ich war, „das ist schwer zu verstehen. Ich... ich..., na, ich hatte keine Perspektiven nach all dieser Zeit. Ich sah, nicht wahr, sah kein Ziel. War in einem luftleeren Raum. Ich wollte raus, Sauerstoff tanken, und nahm den erstbesten Ausgang. Da stand die Unterschrift schon auf dem Papier. Und dennoch, Paul, mich trieb noch ein weiterer Gedanke. Nach dieser Hölle würde ich mehr Freiheiten genießen. Ich wurde Ausbilder. Ja, und die Besoldung, sie war höher. Außerdem bekommt man nach sieben Jahren Legionärsdienst die französische Staatsangehörigkeit und das Recht auf Pension."

Als ich dies hörte, spitzte ich die Ohren. Warum hatte er das nicht gleich gesagt. Ich rieb mir die Hände und grinste meinen Freund unverschämt an. All die Plagen hatten sich also doch gelohnt. Ich wusste es: Mein Freund war ein Teufelskerl. Letztlich machte er alles richtig. Voller Pensionsanspruch. Mein Gott, dafür hätte ich alles Mögliche getan.

„Aber Du bist zurück gekommen", überkam es mich, „wie steht es da um die Pension, Rudi?" Ich stutzte.

„Jawohl, aber das gefährdet nicht meinen Pensionsanspruch. Als der Dienst abgeleistet war, bekam ich meine Abfindung und bin sogleich wieder nach Bremen. Und doch..."

„Was?", wollte ich wissen.

„Die Abfindung, die habe ich schnell durch gebracht. Ich wollte endlich mal wieder so richtig leben, Paul", Rudi taxierte mich mit seinen glänzenden Augen, „kannst Du das verstehen?"

„Weiß nicht. Das sieht Dir gar nicht ähnlich."

„Ich war sieben lange Jahre weg", versuchte mein Freund sich zu entschuldigen.

„Ja, aber die ganze Abfindung? Alles weg?"

„Was meinst Du wohl, nicht wahr, ich hatte mich komplett neu einzukleiden. All die Jahre kannte ich nur Uniform."

„Aha. Aber wovon hast Du dann gelebt,... als Du das Geld auf den Kopf gehauen hattest? Bei Kurt hast Du doch wohl nicht mehr gewohnt, oder war der etwa auch wieder dort?" Während ich dies sagte, belauerte ich ihn mit spitzem Blick.

„Nein, der war in Berlin. Er hatte mir eine Adresse in Bremen gegeben. Dort fand ich eine günstige Bleibe."

„Ihr habt demnach in Kontakt gestanden."

„Ja, wieso? Natürlich."

Aha, dachte ich, natürlich, und erfuhr, dass Kurt kurz nach Rudi in Bremen eingetroffen war, weil es in Berlin brenzlig wurde. Wie vertraut mir das vorkam, und tatsächlich gestand mir Rudi, dass Kurt unehrenhaft aus der Legion entlassen worden war. Damit hatte er jegliche Ansprüche verspielt.

Meine Abneigung gegenüber Kurt war seit dem ersten Tag ausgeprägt und meiner guten Menschenkenntnis

zuzuschreiben; über die Jahre habe ich erkennen müssen, dass er selbst niemals viel vom Arbeiten gehalten hat, viel mehr darauf aus war, andere Menschen um ihr Geld zu bringen. Dabei spielte für ihn der Grad der Bekanntschaft überhaupt keine Rolle. Kurt dachte zuerst an sich, danach an sich und zum Schluss an sich. Die um ihn herum benutzte er überaus geschickt. Insofern will ich ihm gewisse Talente nicht absprechen und ganz besonders imponiert hat mir seine Redegewandtheit, die er allerdings vorwiegend darauf verwandte, selbst Freunde zu täuschen und zu überzeugen. Ganz gewiss habe ich nie wieder einen Menschen kennen gelernt, der mehr verschlagen war, als Kurt.
Und dann stand er in der Tür, hustend und fiebrig, dass ich nicht anders, als ihn bedauern konnte. Selbst der Stärkste konnte sich seinem Bann nicht entziehen. Ich brachte ihm ein Glas Wasser ans Bett. Kurt lächelte auf eine Art, die ich nicht zu deuten wusste, es hätte ein spöttisches, aber ebenso eins aus Dankbarkeit sein können.
„Dürfen wir Dich alleine lassen?", fragte ich ihn, „Du hättest Deine Ruhe."
„Was wollt Ihr tun?", wollte er wissen. Ich sah mich fragend zu Rudi um, der zwei Schritte hinter mir stand und auf Kurt hinab blickte: „Wir lassen Dich in Ruhe und machen einen ausgedehnten Spaziergang, was denkst Du, Paul?"
„Gute Idee."
„Spaziergang? Ihr habt sie wohl nicht alle. Ihr wollt mich hoch nehmen, stimmt´s? Ihr geht saufen." Kurt hustete und röchelte.

„Soll ich Dir noch einen Kamillentee machen", erkundigte sich Rudi besorgt.
Kurt wehrte ab: „Nee, lass mal." Wir nahmen unsere Jacken und ließen Kurt allein.

„Du hast also Laster gefahren?"
„Ja, genau." Rudi sog ganz tief die Luft ein: „Der Regen hat den Staub aus der Luft gewaschen. Herrlich, nicht wahr?" Sogleich fuhr er in seinem Bericht fort: „In der Legion hatte ich alle Führerscheine gemacht. Ich fand schnell eine Arbeit. Viel war nicht zu verdienen. Ich machte Überstunden, war manchmal ganz schön müde, viel zu müde zum fahren. Wenn ich Heutzutage darüber nachdenke, bin ich noch immer erstaunt, dass alles gut ausgegangen ist. Muss wohl einen Schutzengel gehabt haben."
„Wie weit musstest Du fahren. Ich meine, warst Du auch im Ausland unterwegs?"
„Nein, nur Nahverkehr, trotzdem anstrengend. Der Boss des Unternehmens hatte zu wenig Fahrer, nicht wahr, und deshalb musste ich eigentlich jeden Tag länger fahren. Immer war noch irgendein Auftrag zu erledigen. In meiner kleinen Wohnung vermisste mich niemand, ich fühlte mich richtig genommen sehr einsam, denn ich kannte keinen Menschen in der Stadt. Die Überstunden waren mir sogar ganz Recht, …wenn bloß nicht diese Müdigkeit gewesen wäre. Mir hat das gut getan, als Kurt dann nach Bremen kam."
Ich wagte nicht, darauf etwas zu erwidern. Eine ganze Weile schlenderten wir schweigend nebeneinander. Irgendetwas betrübte Rudi, dass spürte ich deutlich

und war verwirrt, weil er zuletzt seine Freude über Kurts Eintreffen gezeigt hatte. Ich konnte nicht ahnen, dass er eine Beichte vorbereitete und mich zum Beichtvater erkoren hatte.

Nachdem Kurt auf der Bildfläche erschienen war, dauerte es nicht lange, da verlor Rudi seine Arbeit. Er hatte mehrmals die Überstunden mit der Begründung verweigert, er hätte private Verpflichtungen, was nichts anderes bedeutete, als dass mein überarbeiteter Freund endlich wieder ein Interesse an seiner Freizeit hatte. Nun war Kurt da. Sie konnten durch die Kneipen ziehen, tanzen gehen, ins Kino. Sein Chef kannte ihn nicht wieder, er hatte immer über Rudis Zeit verfügen können und wollte das neue Verhalten nicht dulden.

Als das Geld knapp wurde, war Rudi schließlich für Kurts kriminellen Plan anfällig geworden. Er drückte mir hier auf unserem Weg sein Bedauern darüber aus. Unser ach so feiner Zimmergenosse Kurt (wie nur konnte Rudi da immer noch von Freund sprechen) hatte eine Bank ins Visier genommen, die er leer räumen wollte. Der Plan war schlicht: Rudi sollte das Fluchtauto lenken. Kurt wollte mit vorgehaltener Waffe das Geld aus der Bank holen. Rudi versuchte mich davon zu überzeugen, dass er durchaus seine Skrupel gehabt hatte, als er dort vor der Bank in dem Wagen mit laufendem Motor gewartet hatte, nervös in den Rückspiegel geschaut hatte, und wie sich zeigte, war seine Unruhe begründet gewesen. Kurt war mit prall gefüllten Taschen aus der Bank gestürmt. Er hatte die Autotür schon in der Hand und genau in dem Moment kamen aus mehreren Richtungen Polizisten heran gelaufen, die Kurt überrumpelten und nun auch Rudi als Komplizen überführt hatten. Wie sie später erfuhren, hatte ein Angestellter der Bank, als er sich für nur einen Augenblick unbeobachtet fühlte, den Alarm ausgelöst, der, von allen weiteren Beteiligten in der Bank unbemerkt, bei der Polizei eingegangen war.

Diese überaus dumme Tat hatte den Beiden zwei Jahre Haft eingebracht. Genügend Zeit zum nachdenken, wie mir mein Freund beteuerte. Er machte eine Rechnung auf, die wie ein mahnendes Bild in seinem Hirn eingebrannt war, so drückte er das aus: Zwanzigtausend Mark Beute geteilt durch Zwei, dafür zwei Jahre Knast, was Fünftausend pro Jahr macht. Über den Arrest hinaus waren Beide zu jeweils Fünftausend Mark für Verpflegung verdonnert worden. Diese Kalkulation allein hätte bewiesen, dass sich der Überfall nicht gelohnt hatte, aber das wäre die Situation nach der Haft gewesen (man hätte ein kleines Startkapital für das nachfolgende Leben gehabt), wenn sie nicht auf frischer Tat ertappt worden wären. Sie hatten keine Gelegenheit gehabt, das Diebesgut in Sicherheit zu bringen. Sie hatten also nichts als eine nicht unerhebliche Verbindlichkeit.

Wenn auch Rudi nach seiner Festnahme auf Milde gehofft hatte, da er nicht bewaffnet gewesen war; seine Hoffnung blieb unbeachtet.

„Das war bitter, Paul, nicht wahr. Aber das Ganze hatte auch etwas Gutes." Diese Äußerung verleitete ihn zu einem Kichern. Wir hatten unser Wohnheim erreicht. Rudi hielt mir die Tür auf. Auf dem Gang gab es eine Ecke, in der eine Bank mit einem kleinen Tisch davor

aufgestellt war. Als wir uns gesetzt hatten, sah sich Rudi nach links und rechts um. Er wollte sicher gehen, dass seine Worte nicht die Runde machten. Wir waren allein, und erst, als Rudi das erkannt hatte, ergänzte er: „Ich nutzte die Zeit und las mich durch die gesamte Gefängnisbücherei…"
‚Oho', dachte ich, ‚dann haben sie es gut gehabt'. Doch gleich belehrte mich Rudi eines Besseren, weil die Bücherei so ziemlich das Einzige gewesen war, was ihn begeistern konnte. Zunächst beklagte er sich darüber, dass er nicht zusammen mit Kurt in einer Zelle untergebracht war, wenn sie sich auch tagsüber sehen konnten. Rudi musste sich seine Zelle mit drei schrägen Vögeln teilen, mit denen er nicht warm wurde, und die ihrerseits überhaupt nichts von einem Bücherwurm hielten und diesen deshalb mieden, da er ihnen verdächtig war. Die Zellen waren dürftig eingerichtet, die Essenrationen spärlich.
„Man gewöhnte sich an den Zustand der Entbehrung, nicht nur der Freiheit, auch der Nahrung. Wir müssen wohl sehr abgemagert ausgesehen haben, aber wenn alle so dürr sind, Paul, dann fällt das nicht weiter auf. Während der Haft waren wir zumindest versorgt. Paul, das ist mir klar geworden, als wir am Entlassungstag vor dem Gefängnistor standen. Kannst Du Dir vorstellen, dass ich mich wie ausgestoßen fühlte? Ha, das ist doch unglaublich, nicht wahr, du fieberst zwei Jahre lang jeden Tag der Freiheit entgegen, dann stehst du vor dem Tor und würdest am liebsten umkehren. Das Scheppern des zuschlagenden Tores hat etwas Endgültiges, und glaub mir, Paul, da, in jenem Augenblick erst

setzt die Buße ein, wenn du keine Perspektiven hast, nicht weißt, wohin du gehen sollst. Ich kann von Glück sagen, das Kurt den Vorschlag machte, wir könnten hier nach Kamp-Lintfort gehen, denn er hatte von einem Bekannten erfahren, dass bei guter Bezahlung Leute für den Bergbau gesucht würden."

2. Teil

Viel später kann ich behaupten, dass Kurt seine kriminellen Neigungen niemals abgelegt hat. Rudi dagegen kam es nie in den Sinn, Andere zu übervorteilen. Mein Freund Rudi, ach, mein guter Freund, er wäre selbst im zweiten oder dritten Leben niemals zu Wohlstand gekommen. Er teilte, was er hatte, und tat es gern.
Anfangs fühlte ich mich mit den Beiden als Dritter auf dem Zimmer nicht wohl, und ich glaube zu wissen, dass Kurt ähnlich empfunden haben muss. Wie konnte ich annehmen, dass er nicht bemerkte, und weil ihm nicht verborgen blieb, sich nicht daran stören würde, dass Rudi inzwischen einen großen Teil seiner Freizeit mit mir verbrachte. Es kam so gut wie gar nicht vor, dass wir zu Dritt etwas unternahmen. Woran das gelegen hat? Ich weiß es nicht. Sicher hat nicht Rudi das so gesteuert, aber ich für mein Teil habe niemals mit meinem Freund darüber geredet, weil ich im Boden versunken wäre, denn was hätte Rudi anderes denken können, als das ich eifersüchtig war? Man gesteht sich diese Schwäche während ihrer Existenz selbst nicht ein, obwohl man sehr genau fühlt, dass diese Übelkeit, dieser Krampf in Hirn und Bauch etwas Hausgemachtes ist, für das man sich schämen sollte.
Kurt hat derbe ausgeteilt. Seine Spezialität war der urplötzliche Wechsel der Sprache von Deutsch auf Französisch, und ganz besonders schlimm war dabei, dass er mich in solchen Momenten niemals triumphierend angesehen hat. Er bot mir keine Angriffsfläche, ich konnte ihn nicht zur Rede stellen, und dennoch hat er

mich genauestens beobachtet, um die Ecke, durch die Ohren, vielleicht hat er es gerochen, dass ich kochte, was weiß ich. Er wusste, wie er mich mit seinem Verhalten ausgeschlossen hat. Wenn er Rudi etwas mitteilen wollte, dann begann er Französisch zu sprechen. Ich bezweifle bis heute, dass dieser Sprung in die andere Sprache immer nur aus alter Gewohnheit passierte, wie er das später, in einer Zeit, als wir uns zwischenzeitlich etwas näher standen, mit unschuldiger Miene behauptet hat, nachdem ich ihn darauf angesprochen hatte. Rudi hat zu keiner Zeit einen Kommentar dazu abgegeben. Wie sollte er, ohne sich entscheiden zu müssen? Das wollte er nicht. Ich weiß, dass mein Freund damit recht gehandelt hat.
Sechs Monate lang bewohnten wir gemeinsam das Zimmer. Dann lernte Kurt, der mittlerweile dreißig war, ein neunzehnjähriges Mädchen kennen und heiratete. Zur Hochzeit wurde ich nicht eingeladen. Das sagt genug über unser damaliges Verhältnis aus, welches sich erst später ein wenig entspannte.
Nun hatte ich Rudi endlich für mich allein. Ich denke, dass auch er froh darüber war, Kurt nicht mehr in Rufweite zu haben. Kurt hatte eine seltsame Macht über meinen Freund, der er erlegen war. Ich gehe sogar so weit zu sagen, dass Rudi hörig war. Bei mir fühlte er sich mit vollem Recht überlegen. In dieser Rolle fühlte er sich wohl, womit ich nicht andeuten möchte, dass mein Freund herablassend war; ganz im Gegenteil trat er stets liebenswürdig und hilfsbereit auf. Vielmehr fühlte Rudi sich geschmeichelt, wenn ich ihn für seine Bildung bewunderte. Er hatte die herausragende Gabe,

etwas Gelesenes auf Dauer behalten zu können. Dies bedeutete, dass sich mein kluger Freund mit zunehmender Zeit immer mehr Wissen aneignete. Hierfür habe ich ihn unendlich beneidet. Meine Schwärmerei blitzte nur manchmal auf, die größte Zeit verhielt ich mich eher gehemmt, und das blieb Rudi nicht verborgen. Trotz meiner soliden Ausbildung zum Maschinenschlosser konnte ich nicht im Entferntesten mit ihm Schritt halten. Die Fähigkeit, sein Wissen in entscheidenden Momenten gleich anwenden zu können, machte Rudi schlagfertig, und dies wiederum trug zu seiner Beliebtheit bei.

Unser Wohnheim wurde von den Einheimischen *Bullenkloster* genannt. Wir Bewohner hielten zusammen, und in der Freizeit waren wir immer untereinander. Ein paar Monate und mehrere gemeinsame Biere später bot sich Rudi an: „Paul, wenn Du möchtest, bring ich Dir was bei", sagte er eines Abends. Er wollte mich also an seiner Bildung teilhaben lassen, und mir war das sehr Recht.
„Ich möchte", antwortete ich schlicht mit einem verräterischen Leuchten in den Augen.
„Nun", begann er seine erste Lektion, „zunächst schreib Dir eins hinter die Ohren, egal, ob Du Dich danach richten wirst, oder nicht. Entscheide selbst, was Du willst, aber eines gilt: Gutes Benehmen und ordentliche Garderobe öffnen Türen, wenn Du weißt, was ich damit sagen will." Ich nickte eifrig und wiederholte seinen Rat im Geiste. ‚Nicht vergessen, nicht gleich den ersten Satz vergessen', dachte ich angestrengt auf

der Suche nach einem guten Ablageplatz in meinem Hirn.

„Überdies sei möglichst ehrlich und immer fleißig. Das sind die Grundsteine für Erfolg, nicht wahr." Rudi lächelte mir zu und entschied zu meiner Enttäuschung, dass ich dies zunächst verdauen sollte und lud mich und ein paar weitere Kumpel zum Würfelspiel ein.

In der Folgezeit verbesserte er mich, sobald ich mich unkorrekt ausdrückte und tat dies mit einer Geduld, die mich vermuten ließ, dass er Gefallen an der Lehrerrolle gefunden hatte.

Als ich nach drei Monaten den ersten Heimaturlaub hatte, erntete ich bereits die ersten Lorbeeren für meinen Eifer. Den Leuten fiel meine Wandlung auf. Sie machten mich auf den verbesserten Sprachstil aufmerksam.

An Rudi war ein guter Pädagoge verloren gegangen. Er hatte eine angenehme Art, Wissen zu vermitteln, die so gar nicht belehrend wirkte, sondern seinem Schüler, also mir, immer die Wahl zwischen zwei Möglichkeiten überließ. Er wusste ganz genau, was ich jeweils wählen würde, aber er sorgte dafür, dass ich mich selbst entschieden hatte, aus freien Stücken und, wie soll ich sagen, es half mir, die Dinge zu verinnerlichen. Wenn ich nun behaupten würde: ‚Seine meisten Satzformulierungen hat er sich angelesen', dann hätte Rudi gesagt: ‚Hör mal zu, Paul. Satz Nummer Eins: Seine meisten Satzformulierungen hat er sich angelesen. Satz Nummer Zwei: Er war sehr belesen und hat sich aus seinen Büchern ein großes Netz ausgewählter Satzformulierungen für alle Fälle geschaffen. Nun, Paul, welchen

Satz würdest Du innerhalb eines Kontextes anbringen, wenn Du beide im Geiste vor Dir hast?
So war das. Er wollte mich nicht verbiegen. Hätte ich meinen eigenen Satz favorisiert, dann hätte das für meinen Freund kein Problem dargestellt.
Das, was die Mehrzahl der Jungen liest, Klassiker wie *Robinson Crusoe*, *Tom Sawyer* oder die *Winnetou*-Bücher hatte auch ich gelesen, gerne auch Schiffsabenteuer und Tierbücher, jetzt aber begann ich mich für Rudis Bücher zu interessieren, die von anderem Gewicht waren. Seins war nicht in erster Linie die Fiktion oder, doch, auch Fiktion - er kannte alle großen deutschen Schriftsteller – aber seine Vorliebe galt der Vergangenheit, unserer Geschichte und allem, was damit in Zusammenhang zu bringen war. Er hatte Sachbücher verschlungen, Lehrbücher studiert. Er konnte sich für das geschriebene Wort eines Goethe oder Schiller erwärmen, und dennoch war ihm wichtiger zu wissen, wann und wo der Eine oder Andere geboren wurde, in welchen Verhältnissen aufgewachsen, welches ihre Zeitgenossen gewesen waren. Mein Freund Rudi hatte sich mit den Triebfedern der Menschheit auseinander gesetzt, war zwischenzeitlich der Philosophie verfallen und verehrte deren Vertreter *Immanuel Kant* in hohem Maß.
Wann hat *Cäsar* gelebt? Wann wurden die Pyramiden gebaut, wann die *Chinesische Mauer*? Rudi wusste es. Wie armselig war ich neben ihm und doch nicht erbärmlicher als die Meisten. Rudi ragte heraus, das machte den Unterschied. So wollte ich sein, wie er. Ich wollte. Ehrgeiz war mir angeboren. Neu war nur der Wissens-

durst, der größer und größer wurde und nicht zu bändigen war.
Bei aller Schwärmerei und Verbundenheit gab es ein Äquivalent, und diese Tatsache lässt mich im Nachhinein mit gebührender Vorsicht annehmen, dass ich nicht in Rudis Schuld stehe. Rudi hatte nämlich eindeutige Defizite sowohl im Umgang mit Geld als auch auf dem Gebiet der handwerklichen Fähigkeiten. Hier konnte er von mir lernen, was mir sehr tröstlich war. Niemand ist vollkommen. In Rudis Geldbörse war ständig Ebbe. Ich hatte ein Sparbuch, um das er mich beneidete. Er hat sich große Mühe gegeben, es mir gleich zu tun.

In den fünfziger Jahren trug man Anzug, Mantel und Hut. Eine Redensart dieser Zeit war: Mit dem Hut in der Hand kommst Du durchs ganze Land.
In den ersten gemeinsamen Monaten kleideten wir uns ein. Beim Schneider kauften wir zwei modische Anzüge, einen schönen Mantel und blütenweiße Hemden. Dazu zwei Paar Schuhe, Krawatten und Rudi noch Krawattennadeln und Manschettenknöpfe. Piekfein sahen wir aus. Sonntags gingen wir ins Fußballstadion oder ins Kino und hin und wieder tranken wir ein paar Bier.
Wir rauchten beide und immer wieder jammerten wir uns gegenseitig vor, wie das unserer Gesundheit schadete, bis es Rudi zu dumm wurde. Eines Tages – wir waren allein auf unserem Zimmer - ordnete er kurzerhand ein Rauchverbot an: „Schluss jetzt", sagte er, wobei er heftig die Arme auseinander warf, um zu zeigen, dass er keine Widerworte dulden wollte, „ab sofort ist

Schluss, Paul, hörst Du? Wir rauchen nicht mehr."
„Aber Rudi", entgegnete ich und lachte meinem Freund ins Gesicht. Ich hielt ihm die Zigarette entgegen, die ich soeben aus der Packung gezogen hatte: „Ich habe noch eine fast volle Packung. Ich weiß nicht, ob…"
„Du weißt ganz genau, wie schädlich das ist."
„Ja, aber…" Rudis entschiedener Blick ließ mich verstummen. Er meinte das wirklich ernst und ging sogar noch weiter, indem er eine Strafe festsetzte für den Fall, dass sich einer von uns über das Verbot hinwegsetzen würde: „Hundert Mark", sagte er unwirsch.
„Wie?"
„Wenn ich Dich beim Rauchen erwische, zahlst Du hundert Mark." Rudi hielt mir seine Pranke hin. Ich sollte einschlagen und zögerte.
„Was ist mit Dir?", wollte ich einwenden.
„Für mich gilt das auch. Also, Paul, abgemacht?"
‚Nichts ist abgemacht', dachte ich. ‚Wie soll ich wissen, ob ich durchhalte? Hundert Mark?' Ich starrte auf den Boden, scharrte mit dem Fuß. Wie bestimmt mein Freund einfach über mich entscheiden, auf meine Freiheit Einfluss nehmen wollte. Ich blickte auf, sah Rudi fest an. Er hielt meinem Blick stand, hielt mir nach wie vor seine Hand entgegen, die so groß war, dass ich mich unwillkürlich fragte, ob es sein vehementer Vorstoß, dieser offenbar nicht diskutier fähige Vorschlag, oder vielleicht die riesige in den Raum gestreckte Hand war, was mir mehr Respekt einflößte und mich immer noch hinderte, den Vertrag durch Einschlagen zu besiegeln.

Bald zog ich den Mund breit und grinste meinem Freund entgegen. Warum sollte ich es nicht schaffen? Wenn Rudi sich so sicher war, dann musste es gehen. Mit plötzlicher Entschlossenheit zerquetschte ich die Zigarettenpackung in meiner Hand. Um dieses Signal zu unterstreichen, warf ich sie zu Boden und legte meine Hand endlich in die meines Freundes. Nach sechs harten Wochen gestanden wir uns ein, dass wir kein Verlangen mehr hatten.

Um unsere Schulden beim Schneider zu bezahlen, leisteten wir an den Sonntagen Zusatzschichten. Arbeit gab es zur Genüge. Kohle wurde für den Wiederaufbau gebraucht.
Doch dann hatte ich einen Unfall, bei dem ich mir den linken Unterarm brach. Sechs Wochen musste ich pausieren, und das kam in mehrerlei Hinsicht einem kleinen Desaster gleich. Der körperliche Schmerz war schnell vergessen. Mein Arm wurde gerichtet und in einen Gips verpackt; nun gut, so war das mit gebrochenen Armen, der Gips war hinderlich, aber er ersparte mir weitere Schmerzen. Gewichtiger war da schon der Lohnausfall. Kranke bekamen in den Fünfzigern lediglich sechzig Prozent ihres normalen Lohnes ausbezahlt, was für mich bedeutete, dass ich beim Schneider um Aufschub der Schuldenbegleichung bitten musste. Am schlimmsten aber hat mich getroffen, dass Rudi unter Tage ein neuer Kumpel zugeteilt wurde und damit unsere Zusammenarbeit ein jähes Ende fand.
Zum anderen hatte ich plötzlich sehr viel Zeit für mich allein und hockte viel vor dem kleinen Radio, das wir

zusammen gekauft hatten und unser einziger Luxus war. Den größten Teil der Genesungszeit verbrachte ich allerdings mit Lesen. Ich begann mit römischer Geschichte, dann ging ich an die ägyptische heran und war glücklich.

Wir hatten eine schöne gemeinsame Zeit. Langeweile war uns fremd. Nach Mädels hatten wir in jenen Tagen kein Verlangen, erzählten uns von diesbezüglichen Enttäuschungen und amüsierten uns darüber. Wir gönnten uns – wie sagt man heute? – eine Auszeit. Von Rudi erfuhr ich, dass nach seiner Einschätzung französische Frauen ihre Vorzüge hätten. Er hatte einige kennen gelernt und lobte sie in höchsten Tönen und wieder kam mir in den Sinn, dass etwas daran sein müsste, allein weil Rudi dies behauptete. Er konnte sich nicht irren. Schon schmiedeten wir Pläne, erwogen, nach Frankreich auszuwandern. Die Sache war dermaßen ernst, dass ich begann, mich mit der französischen Sprache zu befassen.

Alles hätte ich für Rudi getan, alles mitgemacht. Ein Erlebnis habe ich wie einen Schatz in meinem Kopf bewahrt, weil mir Rudi an dem Tag zu einem Bruder geworden ist:

Der Herbst hatte die Landschaft verändert. Durch unser Fenster schauten wir auf das bunt gemalte Laub der Bäume am nahen Waldrand, an dem ein schelmischer Wind zupfte, der für Kunstwerke offenbar keinen Sinn hatte. Es war einer jener frühen Abende, an dem man sich vor der Heizung am wohlsten fühlt. Wir hatten beide in einer Zeitung gelesen, als mich Rudi spontan in den Arm nahm und sagte: „Ein Mann, der einen guten Freund hat, ist reich, und ich bin reich." Ich konnte mir nicht erklären, was ihn gerade bewegte, dies zu sagen, aber während er dies aussprach, schaute er mir tief in die Augen und streichelte über meinen Kopf. Vor Rührung traten mir Tränen in die Augen. Ein bis dahin nicht gekanntes Glücksgefühl durchströmte mich. Als ich an diesem Abend in meinem Bett lag, habe ich einen inneren Schwur getan: Niemals würde ich Rudi enttäuschen.

Der folgende Sommer stellte sich von seiner besten Seite dar und wir gingen an den Wochenenden oft ins Freibad. Rudi war ein guter Schwimmer. Mit seinen grandiosen Figurensprüngen vom Turm konnte er mich Woche für Woche begeistern.
„Weißt Du, was ein schöner Beruf ist?", fragte er mich einmal wie nebenbei, als er sich mit seinem Badetuch die Haare rubbelte. Ich sah ihn erstaunt an, wie er zum Sprungturm hochsah und die Sprünge beobachtete und dann behauptete: „Schwimmmeister ist ein toller Beruf... Sieh mal, jetzt springt Kurt." Ich folgte seinem ausgestreckten Zeigefinger. Nach Kurt sprang Walter, ein Kumpel im Nachbarzimmer, dann mehrere fremde Kinder, bis Egon mit einem etwa Zehnjährigen Mädchen oben stand, kurz mit ihm herum alberte, bevor beide gleichzeitig, die Füße zuerst, mit Zeigefinger und Daumen die Nasen zugehalten, in die Tiefe sprangen. Egon war es also auch zu heiß geworden; der Kumpel mit dem offenen Mund, den ich bei meiner Vorstellung kennen gelernt hatte, den arbeitslosen Weber, von dem ich nur wusste, dass er Familie hatte und nicht in unse-

rem Heim, sondern irgendwo in der Stadt wohnte.

Erst Jahre später fielen mir Rudis Worte wieder ein, als ich selbst Schwimmmeister war, und ich konnte endlich bestätigen, dass mein Freund das richtige Gefühl gehabt hatte. Als er aber an jenem Tag im Schwimmbad seine Meinung äußerte, vermochte ich nicht mehr als anzunehmen, hier müsste etwas dran sein, wenn Rudi so empfand, auch wenn ich das nicht begriff. Ich verspürte keinen Reiz, weil der Schwimmmeister den ganzen Tag die Leute beaufsichtigen musste, die herum tollen, die sich unter der Sonne räkeln und abkühlen konnten; die als große Menge ihre Freizeit genossen, während der Schwimmmeister selbst seinen Dienst tun musste.

Rudis Badehose war ihm eine Nummer zu groß und nicht selten tauchte er nach einem Sprung ohne Hose auf, was zu allgemeiner Belustigung führte. Ich sehe ihn heute noch grinsend vor uns stehen. Er dreht sich um, streckt uns mit gespielter Eleganz seinen nackten Hintern heraus und zieht sich mit wackelnden Hüften die Hose hoch.

Rudi kannte keine Hemmungen, er war selbstbewusst in allen Lebenslagen.

Unsere Kinobesuche verbrachten wir aufgrund unserer angespannten finanziellen Lage oft in der Rasierloge, den ersten beiden Reihen für achtzig Pfennig. Und nicht selten teilten wir uns am Monatsende ein Bier, nachdem Rudi mit bittersüßer Miene verkündet hatte: „Ich muss mal in meine Geldbörse schauen, ob ich noch Durst habe." Er teilte gern mit mir und das beruhte auf Gegenseitigkeit.

Was das Essen betraf, konnte ich mit Rudi nicht Schritt halten. Zu seinen Lieblingsspeisen gehörten Eintöpfe. Wenn es die gab, schaufelte er genüsslich fünf bis sechs große Portionen in sich hinein.
„Was magst Du von mir denken", bemerkte er einmal, als er sich von mir beobachtet fühlte.
„Dass es Dir schmeckt", antwortete ich knapp, und in der Tat konnte ich keine anderen Schlüsse ziehen.
„Nicht etwa, dass ich verfressen bin?"
„Vielleicht ein bisschen."
Rudi grinste mich an: „Vielleicht?"
„Na ja", gab ich zu, „ziemlich verfressen."
Rudi tat empört und tippte mir gegen die Schulter. Wir mussten lachen.
„ Aber ich denke, dass es Dir schmeckt", beharrte ich.
„Na klar schmeckt das." Dann aß er schweigend weiter und ich sah ihm zu. Erst als er fertig war, überraschte er mich mit einer Erklärung: „In meiner Legionärszeit gab es oft tagelang sehr wenig zu essen", sagte er, „und wenn dann genug da war, aßen wir auf Vorrat. Du weißt, wie gern ich Eintopf esse, nicht wahr, Paul, da mach ich das, wie in Vietnam. Ich esse auf Vorrat."
Irgendwann fiel mir auf, dass Rudi viel über Frankreich sprach. Er geriet dabei ins Schwärmen, was mich in der Annahme bestärkte, dass er seine Zukunft in Frankreich sah. Verstehen konnte ich ihn sehr gut, er hatte sich durch seine Legionszeit einige Privilegien erworben.

„Na, Paul, kommst Du mit dem neuen Kumpel klar", fragte Rudi im Anschluss an meine erste Schicht nach dem Unfall, „wie heißt er denn überhaupt?" Der Neue war noch jünger als ich. Ihn hatte ein ähnliches Schicksal ereilt, wie mich. Sein Kumpel war krank geworden an dem Tag, an dem ich meine Arbeit wieder aufnehmen sollte.

„Ist gut gegangen", erwiderte ich, „er heißt Wim – Wim Meulen. Du hast ihn ja gesehen, ist noch jünger als ich und doch schon verheiratet. Und ein Kind hat er auch." Ich dachte einen Moment über den jungen Burschen nach. Dann sagte ich: „Der ist fleißig. Macht einige Sonderschichten. Du, Rudi, stell Dir vor, was der mir erzählt hat."

„Ah?"

„Seinen Lohn legt er immer hübsch seiner Schwiegermutter auf den Tisch, bei der er mit seiner Familie wohnt…"

„Nicht ungewöhnlich", bemerkte mein Freund.

„Nein, das nicht, ich weiß, sie ist der Familienvorstand. Aber nach den letzten Doppelschichten war seine Lohntüte, die er gestern auf den Tisch gelegt hat, ziemlich voll. Er hat mir erzählt, dass seine Schwiegermutter ihn gelobt hat, ja, und sie hat ihm versprochen, dass es heute gute Butter aufs Brot gibt." Rudi sah mich fragend an.

„Er hat sich heute Vormittag nur kurz vorgestellt", fuhr ich fort, „und dann gleich mit großen Augen damit geprahlt, dass er gute Butter auf dem Brot hätte und wie er sich darauf freuen würde. ‚Spinner', habe ich zunächst gedacht. Als er in der Pause sein Brot in der Hand hielt und es aufklappte, um die gute Butter zu zeigen, habe ich ihn gefragt, wo denn die Wurst

sei."
„Und?"
„Du glaubst das nicht. Er hat gesagt, und war richtig empört, Rudi. Er hat gesagt, dass man so unverschämt gegenüber seiner Schwiegermutter nicht sein und auch noch Wurst fordern dürfe." Ich musste lachen bei der Erinnerung an diesen Satz, während Rudi mich nachdenklich beobachtete, dann aber mit brachialer Stimme einfiel.
„Das ist gut", wieherte er, „das ist wirklich gut. Ein guter Junge, meine ich, wie heißt er?"
„Wim."
„Ah ja, Wim. Ein braver Junge." Plötzlich wurde mein Freund ernst. Verdutzt hielt auch ich inne und starrte ihn an, wagte jedoch nicht, ihn in seinem Gedanken zu stören. Irgendwann brach er selbst das Schweigen: „Geht es uns gut, Paul? Wir haben schon unsere Wurst, nicht wahr."
„Ja, aber keine Butter."
„Aber Wurst."
„Ich hatte nicht das Gefühl, dass er unglücklich war. Das hättest Du sehen müssen, wie der sein Brot genossen hat."
Rudi rieb sich die Nase: „Du hast Recht, Paul. Auch mit wenig kann der Mensch glücklich sein, nicht wahr. Und noch eins: Der, wie heißt der noch, ah, Wim, der hat eine Familie. Das ist auch was."
„Familie", sinnierte ich vor mich hin, „möchtest Du auch einmal eine Familie haben?"
„Sicher", gab Rudi offen zu, und ich merkte, wie ich bei dem Gedanken daran wehmütig wurde.

Im Nachhinein darf ich behaupten, dass wir schwere Arbeit geleistet haben. Auch wenn wir uns manchmal Wurst auf unser Brot legen konnten, weil wir keine Familie ernähren mussten, so hatten wir doch nicht viel und waren mit dem wenigen zufrieden.

Wenn man mich fragt, dann sage ich: Das Wirtschaftswunder ist auf unseren breiten Schultern entstanden, und mit uns meine ich all diejenigen, die unser zerstörtes Land wieder aufgebaut haben. Aus all dieser unfassbaren Not heraus ist die unbändige Kraft geboren, die für eine florierende Wirtschaft erforderlich ist. Jawohl. Die Gastarbeiter kamen später, als wir allein nicht gegen die Arbeit ankamen. Nichts, sage ich, nichts haben sie mit dem Wiederaufbau zu tun.

Aber, was ich weiß: Es gab viele ehemalige Soldaten, die aus ganz Europa zusammen kamen, die in der deutschen Armee gedient hatten. Die meisten waren bei der *Waffen-SS* gewesen. Man mag es kaum glauben, aber in den Zechenregionen gab es viele von ihnen und, ich weiß es, sie waren weder kriminell, noch arbeitsscheu. Ich möchte sogar das Gegenteil behaupten. Nach einigen Jahren waren sie anerkannt, sie hungerten mit uns, litten mit uns und haben mit uns Deutschland wieder aufgebaut. Viele unter ihnen heirateten deutsche Frauen. Wie so oft nach einem Krieg gab es viel zu wenige Männer für die unversorgten Frauen.

Im *Ruhrgebiet* und den Industriestädten erkennt man sie und ihre Nachkommen heute noch an ihren Namen.

Wo Musik gespielt wurde, dort waren wir gern, deshalb

hatten wir für die Sonntage ein Lieblingslokal, obwohl wir das Tanzen aufgegeben hatten, weil die meisten jungen Frauen gleich auf Distanz gingen, wenn sie es mit Männern aus dem *Bullenkloster* zu tun bekamen. Ihre gegenwärtige Vorsicht im Umgang mit unser Einem, nachdem bereits mehrere unter ihnen mit einem Kind sitzen gelassen worden waren, hat uns betroffen gemacht, denn wir wurden um ein Vergnügen beraubt, doch fanden wir in unserer Beklommenheit durchaus auch Verständnis für die unverhohlene Skepsis der Frauen uns gegenüber.

Eines Sonntags im Frühjahr, als Rudi und ich in unserem Lokal in einer Ecke am Tisch saßen und all die Bewegungskünstler beobachteten, fragte ich meinen Freund unumwunden: „Rudi, was hältst denn Du von den Italienern, die seit ein paar Tagen hier sind? Wie kommen die denn nur hier her?"

„Du meinst, was die hier wollen?"

„Ach wo, die wollen arbeiten. Nach dem Abkommen mit Italien werden die ja von der Politik regelrecht angeworben."

„Ganz recht", nickte Rudi und ließ die Tanzfläche nicht aus den Augen.

„Ja, ich will nur wissen, was Du davon hältst. Wenn noch mehr von denen kommen. Die sprechen nicht mal Deutsch."

Rudi dachte nach, ehe er erwiderte: „Ich habe nichts gegen sie. Das sind Menschen. Bedenke mal, Paul, Dein Vater ist einst aus Ungarn gekommen. Italien, Ungarn, das macht da keinen großen Unterschied."

„Mein Vater hat es nicht leicht gehabt. Und für uns

Kinder…", ich schluckte, „uns hat man auch gemieden."
„Eben, Paul, deshalb sage ich: Ich habe nichts gegen sie. Natürlich müssen sie unsere Sprache erlernen. Das halte ich für wichtig. Wer sich für länger in einem fremden Land aufhalten möchte, der muss sich anpassen. Verstehst Du, Paul, nicht wahr, wir brauchen diese Leute, sie müssen fleißig sein, damit wir die Arbeit bewältigen können, und… und ehrlich sollten sie unbedingt sein. Eines dürfen wir niemals außer Acht lassen, wenn wir über die Italiener sprechen, nämlich, dass wir es mit Menschen zu tun haben."
‚Oho', dachte ich, ‚wie wäre unsere Welt reich, wenn wir mehr von der Sorte meines Freundes hätten'.
„Komm, lass uns gehen", schlug Rudi irgendwann vor, „ich werde schon richtig trübsinnig vom ‚immer nur zusehen'." Wir hatten uns wieder mal ein Bier geteilt, das bereits bezahlt war, so standen wir auf und verließen das Lokal. Während wir so dahin schlenderten, überraschte mich Rudi durch einen gänzlich neuen Gedankenansatz. „Es wird immer Kriege geben", nörgelte er, „weil wir so verdammt hirnlos sind."
„Was hat denn das mit meinem Hirn zu tun? Ich fange doch keinen Krieg an."
„Religionsfanatiker, Politiker mit dummen Ansichten, gefährliche Ideologen. Nein, Paul, du fängst keinen Krieg an, nicht wahr, aber du wirst auch keinen verhindern." Rudi war stehen geblieben. Als ich mich zu ihm umdrehte, tippte er mir mit dem Zeigefinger auf die Brust: „Keinen einzigen Krieg wirst Du verhindern, mein Freund, nicht wahr, keinen einzigen. Und ich…

ich auch nicht."
„Ja, aber…", wollte ich mich verteidigen, „wie sollte ich Einzelner…"
„Jede Ideologie, das kannst Du glauben, beginnt irgendwo in einer Hinterkammer. Ein Einzelner, Paul, verstehst Du denn nicht, ein Einzelner hat sie ersonnen. Dann bedarf es nur noch aggressiver Redekunst, bis die ersten aufspringen. Und wenn dann die Hirnlosen sich einfach nur noch mittragen lassen, weil sie unkritisch mutmaßen, dass alle so denken und handeln – dann kann es ja nicht falsch sein – dann ist der Zug nicht mehr zu bremsen. Du sagst, Du kannst nichts tun? Du als Einzelner? Aber natürlich könntest Du etwas tun. Fang nur an, starte eine Gegenbewegung, nicht wahr, Paul, du könntest, jeder könnte. Aber weißt Du, warum Kriege geführt werden?"
„Ehrlich gestanden nein", gab ich zur Antwort und musste auf meinen Freund ziemlich ratlos wirken.
„Ich will es Dir sagen. Die Kriegstreiber sind angriffslustig, ohne Rücksicht und Skrupel räumen sie alles aus dem Weg, was ihren Plan gefährden könnte. Sie haben keine Hemmungen. Das macht den Unterschied."
Dies trug mein Freund vor und fuchtelte dabei mit den Armen, und zum ersten Mal war ich nur eingeschränkt seiner Meinung, denn ich glaubte, das vielleicht ebenso viele Kriege und sonstige Auseinandersetzungen verhindert worden waren, nur dass die vereitelten Kriege nicht in den Chroniken erschienen, was ich Rudis These auch entgegen setzte.
„Denkst Du das?", wollte Rudi wissen.
„Ich weiß nicht, aber ich könnte es mir vorstellen."

„Mag sein, Paul, aber ich reibe mich so sehr daran, wie leicht sich die Meinungen der Menschen manipulieren lassen."
Ich dachte, dass dem nicht zu widersprechen sei, und dabei fiel mir ein (ich musste unwillkürlich schmunzeln), dass ich selbst mich stark von Rudi beeinflussen ließ und wie sehr mir dies angenehm war. Anstatt dies heraus zu lassen, erwiderte ich: „Das stimmt wohl. Aber Rudi, hör mal, wir müssen wohl aufhören, unsere Meinung zu äußern, wenn wir Einflussnahme ausschließen wollen."
„Donnerwetter, Paul", platzte Rudi heraus, „das war gerade echt philosophisch." Er hatte seine gute Laune wieder gefunden und offensichtlich keine Lust, das Thema weiter zu verfolgen.

Die Arbeit auf der Zeche und das damit verbundene Wohnheim, das *Bullenkloster*, waren für mich wie ein Sprungbrett in eine bessere materielle Zukunft. Bei bescheidenem Lebensstil ließ sich viel Geld sparen, um irgendwann damit weiter ziehen zu können. Ich für mein Teil schied im Jahr Neunzehnhundertneunundfünfzig endgültig aus dem Bergbau aus. Für meinen Freund Rudi stellte sich zu dem Zeitpunkt die Situation so dar, dass er noch immer für seine Straftat zu zahlen hatte und folglich weiter in den Stollen hinab fuhr.
Die Erfahrung der Jahre hatte mich gelehrt, dass man im Ort unser Geld mochte, aber nicht uns, die Kumpel ohne festen Wohnsitz. Rudi schmerzte das viel mehr als mich, dass die uns die kalte Schulter zeigten, die wir mochten, wohingegen wir nicht mit jenen umgehen

wollten, die uns mochten. Insofern bestätigte sich auch bei uns, die wir uns für tolerant hielten, die Natürlichkeit des Strebens nach Besserem.

Der Mensch bewertet sich einem Instinkt folgend selbst sehr sachlich und stellt sich mit unbeirrbarer Genauigkeit auf die Stufe, die seinem Status entspricht. Von dort sieht er mit gerümpfter Nase etwas herablassend nach unten und entgegen gesetzt mit unglücklicher Bewunderung auf die Hochmütigen über sich. Dabei würde er beschwören – wenn ihm dies abverlangt würde – dass er selbst niemals so überheblich mit Menschen seiner jetzigen Klasse umgehen würde, sollte er die anvisierte Stufe erklommen haben. Aus einer dermaßen groben Ignoranz lässt sich schließen, dass er zwar unfehlbar weiß, wo er steht, mehr aber auch nicht.

Ich wollte aus dem Wohnheim raus, um mein Ansehen zu steigern. Dieser Wunsch war so stark in mir, dass ich eine räumliche Distanz zu meinem Freund in Kauf nahm; dennoch sahen wir uns so oft es möglich war.

Kurt war mittlerweile verheiratet. Seine Frau kam aus der *DDR* und kannte dort Frauen, die auf der Suche nach einem Mann waren. Während seiner Besuche bei Kurt hatte Rudi wiederholt den Wunsch nach einer Familie geäußert, nach einem Leben, wie es Kurt nun führte.

Dies veranlasste Kurts Ehefrau, die Dora heißt, kurzerhand eine Bekanntschaft zu knüpfen, und Rudi erwies sich nun gar nicht wählerisch, antwortete ohne Zögern auf den Eröffnungsbrief der Frau, von der er

nicht viel mehr als das Gesicht von der beigefügten Fotografie und den Namen kannte, der Marlene Weiser lautete.
In der Folge entspann sich ein wilder Briefverkehr, den ich anfangs (und ich musste mir später eingestehen, die Lage völlig falsch eingeschätzt zu haben) als Schwärmerei abtat und gönnerhaft belächelte. Ich war bestens informiert, weil mich Rudi die Briefe lesen ließ. Bis daher war alles gut. Ich hegte keinen Verdacht. Ganz plötzlich und unerwartet traf mich der Schlag, der mein Herz zum Rasen und das Blut in meinem Kopf zum Brodeln brachte, als nämlich eines Tages Rudi die Einsicht in einen angekommenen Brief verweigerte:
„Paul, die Briefe werden jetzt intimer." Rudi hatte die Worte kaum gesagt, da war mir bewusst geworden, dass ich meinen Freund verloren hatte. Alle unsere gemeinsam geschmiedeten Pläne; was war nun mit denen? Über den Haufen geworfen? Unendlich war mein Schmerz in dem Moment, in dem ich mich mit meinem Freund hätte freuen sollen, weil er offenbar sein Glück gefunden hatte. Doch ich sah mich nur in einen Kampf hinein gezogen, den ich bereits verloren hatte. Gegen Kurt hätte ich erfolgreich ankämpfen können, dachte ich bei mir, aber doch nicht gegen eine Frau.
Misstrauisch achtete ich auf jede Äußerung meines Freundes, auf sein Gebaren, wenn wir unsere sonntäglichen Spaziergänge unternahmen und wurde sauertöpfisch stiller Zeuge seiner Veränderung. Wenn ich allein nach Hause ging, wetterte ich über die freizügigen Fotografien, die diese Marlene Weiser dem liebeshungri-

gen Rudi in den Umschlag gesteckt hatte (die er mir aber nicht zeigen wollte). Ich war nicht bereit, meine Niederlage hinzunehmen und in der Tat, immer noch sah ich eine Niederlage in dem neuen Glück meines besten Freundes.

Inzwischen hatte Rudi nur noch einen Gedanken: Er wollte nach Leipzig, zu Marlene, und sparte, wo er nur konnte. Indessen schwärmte ihm Dora nicht nur von der Liebenswürdigkeit dieser Person vor. Überdies ließ sie keinen Zweifel daran, dass Marlene eine ausgezeichnete Köchin sei.

„Ich muss unbedingt nach Leipzig, Paul", sprach er sich eines Abends aus, als wir uns wieder einmal ein Bier teilten.

„So?", gab ich nur ärgerlich zurück.

„Ja, denk Dir nur, nicht wahr, Paul, die Marlene möchte mich gern endlich... ja, sie... sie..., nicht wahr, sie... Du weißt schon."

„Was!"

„Sie hat Sehnsucht nach mir. Mensch, Paul, freust Du dich gar nicht für mich?"

„Doch, natürlich", versuchte ich gequält gerade zu rücken und legte Rudi zum Zeichen der Ernsthaftigkeit dieser Beteuerung meine Hand auf den Unterarm.

Der Tag der Reise in die große Ungewissheit kam. Kurt, Dora und ich begleiteten Rudi bis nach Duisburg. Dort bestieg er den *Intercity* , dem wir gedankenverloren nach winkten.

Als Kurt mich mit den Worten „Er kommt ja wieder" zu trösten versuchte, war ich überrascht. Er wusste

besser, wie es um mich stand, als mir lieb war. Er hatte kein Recht, in mich hinein zu blicken. Ich ahnte nichts Gutes. Die freizügigen Fotos und die für meinen Geschmack zu offenen und verlangenden Wünsche machten mich misstrauisch und heizten meine Eifersucht nur noch mehr an.
Nach einigen Tagen traf eine Karte von Rudi ein, in der auch seine neue Liebschaft grüßen ließ. Nach drei Wochen ein Telegramm, in dem er mitteilte, dass er geheiratet hatte und ohne Geld in *Westberlin* fest säße. Um zurück kommen zu können, benötigte Rudi für sich und seine Frau fünfhundert Mark. Rudi war blank, er zahlte immer noch seine Gefängniskosten ab und wusste, dass ich etwas gespart hatte. Ich war seine letzte Hoffnung. Von Kurt war nichts zu erwarten, da der mittlerweile zwei Kinder und seine Frau zu versorgen hatte.
Was blieb mir anderes übrig, als mich zur Post aufzumachen und das Geld zu überwiesen. Am nächsten Tag waren die Beiden da. Marlene konnte vorübergehend bei Kurts Familie wohnen und Rudi bei mir auf dem Zimmer. So war es abgemacht. Von dort ging er morgens zur Arbeit. Er war immer noch auf der Zeche beschäftigt.

Unerschütterlich ist mein Glaube an den Segen, der von Kindern ausgeht. Sie halten die Karten für die Zukunft in Händen. Kinder korrigieren die Fehler der Erwachsenen, entwickeln die Welt weiter, machen eigene Fehler, die wiederum durch ihre Kinder berichtigt werden. Vehement trete ich aber dafür ein, dass Kinder verantwortungsvoll und behutsam groß gezogen werden müssen. Wie denn hätte ich die Mitteilung, dass Marlene schwanger war, freudig aufnehmen können, wo noch gar keine Basis für eine Umgebung mit Kindern geschaffen war.

Der Volksmund sagt, dass Armut und damit verbundene Sorgen zu Beginn einer Beziehung ein Paar für immer zusammen schweißt. Mich stört an dieser Behauptung, dass darin für die Kinder kein Platz berücksichtigt ist.

Kurt hatte meinem Freund und seiner Frau eine kleine möblierte Wohnung besorgt, und Rudi hatte eine zweite Arbeitsstelle angenommen. Da aber nun ein Kind unterwegs war, stellte sich ein neues Problem. Eine größere Wohnung wurde benötigt und war schnell gefunden, aber es fehlte die Einrichtung. Es fehlte an Allem. Gekauft wurde auf Pump. An das werdende Leben musste gedacht und persönliche Wünsche hintenan gestellt werden.

Weder Kurt noch ich konnten dem jungen Paar große finanzielle Hilfe bieten. Auch ein Jahrzehnt nach Kriegsende hatten wir selbst nicht viel und legten für eine bessere Zukunft auf die Seite, was wir entbehren konnten.

Marlene war von Beruf Sekretärin und zeigte wenig Interesse an der Erledigung der Aufgaben, die in einem Haushalt anfallen. Dora hatte sich angeboten, ihr das Kochen beizubringen: „Nie hat sie Zeit", sagte sie einmal zu mir, „und dabei tut sie sonst doch nichts. Ich glaube bald, sie will meine Hilfe gar nicht."

Stattdessen begann sie zu nörgeln. Immer häufiger

hatte sie an Rudi etwas auszusetzen.
„Ich tue doch, was ich kann, Paul, nicht wahr, mehr kann ich doch nicht tun."
„Hast Dir ganz schön was eingebrockt", bemerkte ich, worauf Rudi antwortete: „So darfst Du nicht reden, Paul."
„Du hast Recht. Entschuldige."
„Keine Ursache. Manchmal frage auch ich mich, wie das sein kann. Es ist noch nicht allzu lange her, dass wir uns romantische Briefe geschrieben haben, die Marlene und ich. Keine Spur mehr von Romantik. Wie kann denn das sein?"
Mein armer Freund, dem ich so ohnmächtig gegenüber saß. Er arbeitete Tag und Nacht und wurde seiner Sorgen nicht ledig. Skeptisch sah ich in die Zukunft.

Rudi hatte in der Legion das Maurerhandwerk erlernt, und da auf dem Bau mehr Geld zu verdienen war, kehrte er dem Bergbau den Rücken. Nach ein paar Monaten war er bereits Vorarbeiter und konnte seine Familie durchbringen. Mittlerweile hatte er seine Wohnung mit dem Nötigsten eingerichtet. Nun schien doch alles aufs richtige Gleis zu gelangen.
Alle vierzehn Tage besuchte ich ihn am Wochenende. Wenn wir ausgingen, schlief ich nach unserer Rückkehr auf seinem Sofa. Wir genossen unsere Zusammenkünfte nach wie vor, konnten uns über alles austauschen, konnten miteinander lachen, auch wenn wir von der Arbeit erschöpft waren. Wir vergaßen für ein paar Stunden alles um uns herum.
Während ich gern unter Tage gearbeitet hatte, schätzte

Rudi von jeher die Arbeit im Freien. Ich freute mich redlich für ihn, weil für ihn mit der Anstellung auf dem Bau dieser Wunsch in Erfüllung gegangen war.

Unser Freund Kurt, der wie ich regelmäßigen Kontakt zu Rudi pflegte, wartete aber eines Tages mit einer für ihn typischen Geschäftsidee auf. Ihm war von einem Kollegen zugetragen worden, dass die Alliierten, die bei ihren Manövern Eisenbohlen unter ihre Fahrzeuge legten, diese nach Beendigung im Schlamm zurück ließen.

Als Kurt uns in seinen Plan einwies, hatte er sich bereits eine Genehmigung besorgt, die ihn befugte, die Eisenbohlen zum halben Schrottpreis zu bergen.

Ich denke, dass ich bereits erwähnte, wie rücksichtslos Kurt sein konnte. Ich hatte ihn von Anbeginn unserer Bekanntschaft durchschaut. An allem Schlimmen, was meinem Freund Rudi widerfahren war, trug Kurt zumindest eine Mitschuld. Er wusste, dass er sich auf den herzensguten Rudi verlassen konnte, dass der zu instrumentalisieren war. Kurzerhand warb er ihn für seine Dienste als Vorarbeiter an und sorgte gleich dafür, dass dieser einige Kollegen mit brachte. Kurt besorgte die notwendigen Geräte, die wirklich schwere Arbeit der Bergung aber schob er auf Rudi und die Mitarbeiter ab. Die Bohlen mussten gereinigt und mittels einer Presse gerichtet werden. Anschließend ließen sie sich in dieser Phase des Wiederaufbaus für sehr gutes Geld verkaufen. Wenn ich mit Kurt niemals grün geworden bin, so will ich doch anerkennen, dass er schneller als Jeder, den ich jemals kannte, erkennen konnte, wo Geld zu holen war. Er hat mich an eine Raubkatze erinnert, die ihr Opfer als Ziel erfasst hat und dieses fortan nicht mehr aus dem Blick verliert, bis dass es erlegt und der Hunger gestillt ist. Dann zieht sie befriedigt weiter und hinterlässt die abgenagten Knochen ohne einen weiteren Gedanken daran zu verschwenden.

Bereits nach einigen Monaten hatte sich Kurt einen schönen Bungalow verdient, für dessen Errichtung er wieder einmal seinen vermeintlichen Freund Rudi als Helfer einspannte. Doch frage ich mich, ob man derart mit einem Freund umgeht. Hätte ich ihn nicht zu meinem Geschäftspartner gemacht? Doch, ich bin sicher, bei allem Geschäftssinn, das hätte ich. Rudis Verdienst während der Bohlenschinderei war zwar recht gut, mehr aber nicht, und da er nun nicht länger benötigt wurde, verdingte er sich erneut auf dem Bau.

Kurt, der immer wachsam war und die Grenzen zwischen Legalität und Kriminalität, wenn überhaupt, dann nur verschwommen wahr nahm, präsentierte alsbald den Plan für ein neues Projekt, mit dem sich nach seiner unbeirrbaren Einschätzung eine Menge Geld verdienen ließ.

Durch seine dubiosen Kontakte nach *Algerien* kam er ins Waffengeschäft. Das Land *Algerien* befand sich in den Anfängen der Unabhängigkeitsbestrebungen und benötigte hierfür Waffen. Hier wollte Kurt mit mischen.

Er mietete eine still gelegte Ziegelei an, in der er zur Tarnung Pilze züchtete. Ich warnte meinen Freund Rudi, und dennoch verfiel er wieder den Verlockungen. „Ich verstehe Dich nicht", versuchte mich Kurt zu

ermuntern, „willst Du denn nicht Geld verdienen?"
„Du weißt genau, was ich darüber denke, Kurt. Ich habe durchaus nichts gegen Geld. Immer gern, aber nicht so."
„Schade, Paul. Ist das Dein letztes Wort?"
„Ja, wieso", wollte ich wissen, „willst Du mir eine Arbeit anbieten?"
„Klar. Ich hatte gehofft, dass Du die Wassersprenkleranlage bauen würdest. Da springt bestimmt einiges für Dich raus. Mann, Paul, denk doch noch einmal darüber nach, denk an all die Menschen in *Algerien*, die nichts anderes wollen, als frei und unabhängig sein. Wir tun ein gutes Werk."
Ich sah ihm direkt in die Augen und schwieg eisern, was er völlig falsch deutete und mit den Worten kommentierte: „Siehst Du, Paul, jetzt hast Du es begriffen, was? Rudi sieh nur, wir haben Paul auf unserer Seite."
Doch Rudi kannte mich besser. Er blickte mich traurig an. Warum nur stand er so stark unter dem Einfluss dieses Mannes.
„Du kannst mich mal gern haben", stieß ich hervor, „nicht mit mir. Die Sache ist viel zu heiß." Ich wandte mich noch einmal an Rudi und beschwor ihn, mit mir zu kommen, doch es half alles nichts. Ich musste allein davon schleichen und hatte paradoxerweise ein schlechtes Gewissen, weil ich meinen Freund nicht vor einer neuen kriminellen Tat bewahren konnte.
Tagsüber wurden Champignons gezüchtet und des Nachts heimlich Waffen verladen. Kurt verdiente seine erste Million und Rudi wieder nur gut. Mit der Unabhängigkeit *Algeriens* brach schließlich der Waffen-

schmuggelmarkt ein, doch Kurt war reich geworden. Ich hatte ihm immer widersprochen, beteuert, dass *Frankreich Algerien* niemals aufgeben würde. Dies hatte sich als falsch erwiesen und Kurt, dieses Schlitzohr, hatte das von Anfang an gerochen.

Rudi musste wieder zurück auf den Bau und hart arbeiten, um seine mittlerweile auf zwei Kinder angewachsene Familie durchzubringen. Sein Tagesablauf ließ ihm immer weniger Freizeit. In der Regel malochte er zehn Stunden. Wenn er nach Hause kam, passte er auf die Kinder auf, während sich seine Frau herum trieb und Mitgliedschaften in diversen Vereinen als Alibi für ihre dubiosen Abwesenheiten vor schob. Es dauerte gar nicht lange, da war sie im ganzen Ort für ihre Eskapaden bekannt.
Irgendwann geschah etwas, dass mich überraschte und mir Kurt für eine Zeit lang näher brachte: Er besuchte mich, um mit mir zu beraten, wie wir Rudi helfen könnten.
„Da kommst Du zu mir?" Ich grinste ihn boshaft an, als er in meinem Türrahmen stand. Er kam ungelegen, weil meine Frau soeben das Essen auf den Tisch gebracht hatte. Bissig lud ich ihn ein, uns Gesellschaft zu leisten, und wie ich es nicht anders erwarten durfte, nahm er die Einladung an. Während wir aßen, wurde wenig gesprochen und was wir sagten, hatte mit Rudi nichts zu tun. Ich verspürte eine Abneigung dagegen, meine Frau einzuweihen, die ich mit Rudis Schwierigkeiten niemals belästigt hatte. Aus irgendeinem Grund besaß Kurt in dieser Situation genügend Takt, das

Thema zu umsteuern.
Als wir uns nach dem Essen in meinem Wohnzimmer in den Sesseln gegenüber saßen, kam er gleich auf sein Anliegen zu sprechen: „Paul, wie wollen wir Rudi helfen?"
„Du willst ihm also wirklich helfen?"
Kurt sah mich missmutig an, doch er schluckte seinen Ärger herunter und erwiderte: „Ja, stell Dir vor."
Rudi ging auf die Vierzig zu, doch seine Taschen waren leer. Kurt war reich geworden und auch ich hatte Glück gehabt. Ein schönes Haus hatte ich mit viel Einsatz hin gestellt. Jetzt steckte ich mitten in einem Maschinenbaustudium. Wer in den sechziger Jahren geschlafen hatte, für den waren die Türen zum Wohlstand zu geschlagen.
„Ja, verstehst Du denn überhaupt, warum Rudi es zu nichts bringt? Ich meine, Paul, Rudi ist schlau. Der hat eine enorme Allgemeinbildung. Verstehst Du das alles?"
„Ich habe viel darüber nach gedacht", bemerkte ich, „mit Allgemeinbildung und Anstand allein kommst Du nicht weit. Das ausgerechnet Du das nicht siehst. Weißt Du eigentlich, was man unter Bauernschläue versteht?"
„Klar doch."
Ich blickte ihn amüsiert an: „Natürlich weißt Du das. Ich denke, dass Rudi immer zuerst an die Anderen denkt. Dabei kommt er selbst zu kurz. Und er hat so überhaupt keinen Geschäftssinn."
Kurt kräuselte die Stirn. Als ich ihn so nachdenklich da sitzen sah, hatte ich Gelegenheit, ihn aufmerksam zu

beobachten. Mir schien, er hatte in diesem Augenblick den unbedingten Willen, seinem Freund zu helfen. Es war, als wenn die Sonne die Wolken auseinander bricht, da ich erkannte, dass Rudi für ihn ein ebenso guter Freund war wie für mich, nur dass Kurt einen anderen Typus vertrat. Er hatte vielleicht weniger Gefühl. Das war ihm nicht angeboren. Kurt war einfach nur wilder, eventuell natürlicher als ich und bestimmt als Rudi. Die Natur kennt keine Rücksicht. Der Stärkere überlebt, hatte *Charles Darwin* behauptet und damit nur die Fakten auf den Tisch gelegt.

„Ich habe Rudi mal gefragt", nahm ich das Gespräch wieder auf, „ob er sich auf dem Bau am Abend eine Stunde mehr, als seinen Leuten aufschreibt, wie es ihm als Vorarbeiter zusteht."

„Hat er?" Kurt grinste mich an. Dann sprang er aus dem Sessel auf und begann, im Wohnzimmer auf und ab zu gehen. Ich wartete eine Weile, bevor ich antwortete: „Er hat fast empört gesagt, dass es für ihn keine Extrawurst gibt."

„Was? Es ist auf allen Baustellen Brauch, dass dem Vorarbeiter, der für alles verantwortlich ist, eine Stunde mehr zu steht."

„Mir musst Du das nicht sagen, Kurt. Wie ich schon sagte: Er denkt immer zuerst an Andere, dann an sich. Ich weiß, dass Rudi sich freuen würde, wenn mit ihm ebenso verfahren würde; dass die Leute ihm zurück geben, zumindest ein bisschen. Aber das ist eine Illusion." Während der letzten Worte musterte ich Kurt viel sagend: „Aber Du weißt, Kurt, dass anständige Menschen wie Rudi gern ausgenutzt werden."

„Ach, ausnutzen", Kurt hielt in seinem Gang inne, „ob das immer gleich ausnutzen ist."
Ich fuhr unbeirrt fort: „Wenn Rudi böse wird – hast Du ihn einmal erlebt, wenn er böse ist, Kurt? – na, das gibt es nur, wenn Unrecht an Anderen begangen wird, besonders an Kindern, wenn er ansehen muss, dass sie geschlagen werden … oder wenn jemand Tiere quält. Einmal bin ich Zeuge geworden, als er regelrecht außer sich geriet. Ein Vater drosch auf seinen Sohn ein. Rudi schimpfte und drohte nun dem Vater mit Prügel, wenn dieser seinen Sohn erneut schlagen sollte."
„Sieh an. Der hat was drauf, der Rudi. Steht immer noch die Frage im Raum, wie wir ihm helfen können."
„Dürfen wir uns denn einmischen, Kurt? Das geht mir schon die ganze Zeit durch den Kopf."
„Ja, aber so geht das doch nicht weiter. Was willst Du damit sagen?"
„Ich will sagen, dass Rudi ein Mann ist, kein kleines Kind, das nicht mündig ist. Ich frage mich, ob Rudi das gutheißen würde, wenn wir uns einmischen. Weißt Du, dass wir schon hier und da einen gemeinsamen Spaziergang unternehmen. Rudi klagt mir sein Leid, aber oft wirkt er gar nicht so unglücklich. Er fragt mich selten um Rat und oft habe ich überlegt, warum eigentlich nicht. Dann denke ich, dass Rudi einfach nur reden möchte, um seine Balance wieder zu finden."
„Ich muss was tun, basta!" Kurt sah mich zornig an. „Ich habe ihm die Alte eingebrockt, dieses Luder. Ich will das richten."
„Was hast Du vor?"
„Weiß nicht. In die *DDR* zurück bringen kann ich sie

nicht."
„Das würde auch gar nichts bringen", entgegnete ich, „dann wären die Kinder noch mehr allein."
„Stimmt. Das geht nicht. Ich könnte mit Dora reden, wenn Du verstehst, was ich meine."
Ich verstand. Kurt würde ihr einen verbalen Einlauf verschaffen. Er konnte drohen und gleichzeitig lachen, was die Drohung verschärfte.
Meine Frau war eingetreten und fragte, ob sie uns ein Bier bringen sollte. Dann saßen wir eine lange Zeit schweigend in den Sesseln, nuckelten an unserem Bier und warteten Jeder für sich auf eine Lösung.
Ich erinnerte mich an eine Diskussion, die ich mit Rudi und Kurt geführt hatte, als wir uns gefragt hatten, warum wir zulassen, dass immer wieder Schwächere durch Stärkere übervorteilt, gequält oder sogar getötet werden.
„Ist dies der Preis für unsere Freiheit?", hatte ich gefragt und Rudi erwiderte: „Freiheit muss dort aufhören, wo sie die Freiheit der Anderen einschränkt."
Kurt warf ein, dass die Politik härter durch greifen müsste. Heute bin ich ein wenig verwundert über diese frühe Diskussion zu einer Zeit, in der die Kriminalitätsrate deutlich geringer war als Fünfundfünfzig Jahre später. Wir konnten des Nachts mit dem Lohn in unseren Taschen durch einen Park gehen, ohne überfallen zu werden.
Rudi war überzeugt, dass die Ursache für Gewalt in schlechter Erziehung zu suchen sei. Er machte sowohl das Elternhaus als auch Schule und Gesetzgeber dafür verantwortlich. Für ihn stellte sich nicht die Frage, ob

Boshaftigkeit in den Genen stecken könnte: „Der Mensch", behauptete er, „ist rein, wenn er auf die Welt kommt. Die Welt erst macht ihn zu dem, was er ist." Das sagte er und brachte mir das Schachspiel bei. Er konnte nicht singen, tat es aber trotzdem und spielte ganz passabel Akkordeon, sobald er eines in die Hände bekam. Er verriet mir (und ich war erstaunt, als er sich eines Tages offenbarte), dass sein Vater, der Mann, der ihn erzogen hatte, geradezu virtuos das Instrument beherrscht und ihn ein wenig unterrichtet hätte. Immer wieder beharrte er darauf, dass solche Betätigungen die Gewalt vertreiben.

„Paul, merkst Du wohl, wie befreit der Geist beim Singen ist? Und malen…, das Malen vertreibt ganz hervorragend die Gereiztheit. Das Beobachten der Dinge, das Zeichnen oder Malen dieser Dinge auf Papier, und dabei ist es Wurst, ob das Werk gut oder schlecht geworden ist; es ist egal, Paul, nicht wahr, ganz egal. Das Einzige, was zählt, das wirklich Wertvolle daran ist dieser Prozess der friedlichen Auseinandersetzung mit der Welt."

„Und Du bist sicher", versuchte ich zu scherzen, „dass Du in der Fremdenlegion warst? Das war doch alles nur ein Traum, oder?"

Rudi lachte herzhaft. Er schüttelte sich: „Ach Paul, nicht wahr, ich fürchte, dass es kein Traum gewesen ist." Er sprach mit leiser, väterlicher Stimme weiter: „Wo wir beim Krieg sind: Paul, ich frage Dich. Hast Du schon einmal Bilder gesehen, die Kriegsszenen darstellen?"

„Ja, hier und da", beantwortete ich seine Frage, wenn

ich auch nicht wusste, welcher Künstler sie geschaffen hatte.

„Aber ist Dir auch etwas daran auf gefallen?" Rudi sah mich forschend an, bis ich ahnungslos den Kopf schüttelte.

„Ja", fuhr er fort, „ist Dir nicht aufgefallen, dass selbst der Krieg in der Malerei ein deutlich milderes Gesicht hat? Nicht wahr, Paul, wenn Du malst, bist Du ein Betrachter und nicht etwa ein Akteur. Und während Du singst, kannst Du keine Befehle heraus schreien. Verstehst Du, was ich sagen will?"

„Ja, Rudi", sagte ich, und dabei zitterte meine Stimme vor Ehrfurcht, „ich denke, dass ich begriffen habe. Solche Gedanken habe ich mir noch nie gemacht."

„Bist Du noch da, Paul?" Ich schreckte aus meinen Gedanken hoch. Kurt trank von seinem Bier. Ich lächelte ihn versonnen an:

„Man sollte meinen, dass Marlene wissen müsste, welch großes Los sie mit Rudi gezogen hat." Kurt warf mir einen überraschten Blick zu, und ich fuhr schnell fort: „Ach, ich war in Gedanken. Unser Rudi, hahaha, das ist schon ein toller Kerl."

„Was?"

„Schon gut. Als Rudi seine Marlene kennen gelernt hat. Du erinnerst Dich, Kurt, sie haben ständig geturtelt."

„Das ging bestimmt zwei Jahre so, was meinst Du?"

„Ja, bestimmt. Aber was ist dann passiert? Glaub mir, ich habe sehr viel darüber nachgedacht."

„Denkst Du, ich nicht?" Meine Frau hatte uns inzwischen ein neues Bier gebracht, als Kurt fest stellte:

„Ein toller Kerl, wie Du unseren Rudi genannt hast, sollte seine Frau besser im Griff haben, jawoll, sollte er."
„Wenn Du mich fragst", sagte ich, „ich denke, dass seine Frau einfach falsche Vorstellungen von einer Partnerschaft hat. Jede gute Beziehung basiert auf gegenseitigem Geben und Nehmen. Schön, wenn dies in der Waage ist, doch das ist nicht oft so. Bei Rudi und Marlene haben wir einen, der mit großer Selbstverständlichkeit gibt und einen, der mit ebensolcher Selbstverständlichkeit nimmt."
„Kann sein." Kurt sah zur Decke hinauf, als wollte er dort seinen Gedanken ablesen. Dann sagte er: „Dann ist doch alles in Butter."
„Wie", wollte ich wissen.
„Na, wenn alles selbstverständlich ist, dann muss keiner unglücklich sein."
Nachdem ich lange genug über Kurts These nachgesonnen hatte, bemerkte ich: „Wie ich bereits erwähnte, ist mir Rudi nicht immer unglücklich erschienen."
„Und dennoch ist er es."
„Ja, ich denke auch. Es mag sein, dass er sich wünscht, dass Marlene mehr gibt. Aber wir beide kennen Rudi nun lange, Du noch viel länger als ich: Er hat nicht den Mumm, etwas zu fordern."
Und wieder schwiegen wir vor uns hin und verdrängten den Zehn-Uhr-Schlag der Wanduhr. Bilder flogen an mir vorbei, wie an einem Bahnreisenden, der in seinem Abteil sitzt und zum Fenster hinaus schaut, während die Stimmen der Mitreisenden und das gedämpfte Getöse, das die Räder auf den Schienen verursachen,

an sein Ohr dringen. Ich resümierte unsere jüngeren Werdegänge:
Ich war mittlerweile auf Montage tätig. Rudi war in die Nähe von Kurt gezogen, nicht weit von *Bonn* entfernt. Dennoch hatte ich immer in Kontakt zu Rudi gestanden.
‚Er hat nicht den Mumm, etwas zu fordern'. Diese zuletzt ausgesprochenen Worte flimmerten vor mir herum, als mir Kurts letztes für ihn so typisches Projekt in den Sinn kam, der mit Vorliebe für sich das Beste forderte. Seine Natur war nicht sehr komplex. Es gab immer nur die eine Frage, die über Allem stand: Wie kann ich viel Geld verdienen, ohne mir selber die Hände schmutzig zu machen?
Die Wirtschaft schrie nach Fachkräften und dies wollte er sich zu Nutzen machen.
Da er sehr gut reden und überzeugen konnte, suchte er nach Fachleuten jeder Art und vermittelte diese an Firmen. Mit fünf Leuten fing er an und hatte später mehr als hundert neben mehreren Büroangestellten.
Rudi arbeitete nicht mehr für Kurt. Er war sehr fleißig und hatte nur das eine Ziel, seine Familie gut zu versorgen. Er wurde Polier und war immer noch auf dem Bau zuhause. Ich hatte mir eine Familie gegründet. Jeder verfolgte für sich seine eigenen Interessen, und die Häufigkeit der Kontakte ließ nach. Manchmal organisierten wir Familientreffen, während dieser sich unsere Kinder kennen lernten.
Bei manchen Besuchen stellte ich Veränderungen fest. Immer öfter traf ich ihn alleine mit seinen Töchtern an, mit denen er sehr liebevoll umging. Ich habe niemals

ein Hehl daraus gemacht, dass ich, selbst aus ärmlichen Verhältnissen erwachsen und, wie die Meisten, durch die Entbehrungen des Krieges geprägt, mit Fleiß und Disziplin meinen eigenen Wohlstand aufbauen wollte. Nun, da ich mich in Rudis kleiner, einfach ausgestatteten Wohnung aufhielt, fragte ich mich, wie das angehen konnte. Als Polier verdient man sehr gut. Warum besaß Rudi nicht mehr, als dieses unscheinbare, gebrauchte Auto. Er war seit zehn Jahren verheiratet, ohne jemals einen Urlaub genossen zu haben.
Als Gast in seinem Domizil, und weil ich nicht pietätlos erscheinen wollte, hüllte ich mich stets in Schweigen. Aber dann tauchte er manchmal an den Wochenenden bei mir auf und auf unseren gemeinsamen Spaziergängen erzählte er mir von seinen Sorgen, die allesamt mit Marlene zu tun hatten.
Seine Frau machte mit anderen Männern sein verdientes Geld durch. Ich hatte zunächst genau so gedacht, wie es soeben noch Kurt ausgedrückt hatte (Kurt, war er noch da? Ja, da saß er mir gegenüber und betrachtete die Wand), dass ein richtiger Mann, ein toller Kerl, seine Frau im Griff haben musste. Aber Rudi war von großer Herzensgüte und liebte seine Frau und die Kinder über alles.

Anfangs habe ich vergeblich versucht, ihn zu verstehen. Selbst als Waisenkind groß geworden, wollte er seinen Kindern die Familie erhalten.
Während eines abendlichen Treffens berichtete er: „Ich weiß bald nicht mehr weiter, Paul. Die Schulden werden mich noch erdrücken."

„So schlimm?", fragte ich mitfühlend.
„Marlene hat einen Geliebten. Ich weiß es schon länger." Er beobachtete mich, erwartete einen Kommentar, doch ich schwieg.
„Sie hat ihm ein Auto gekauft." Wieder musterte er mich: „Sie hat einen Kredit aufgenommen."
„Waaas?" Nun hatte er mich aus der Reserve gelockt. Ich war empört.
„Ja, nicht wahr, und nun wollen sie in Urlaub fahren. Von meinem verdienten Geld, nicht wahr, Paul."
„Das ist eine große Schweinerei. Mensch, Rudi, das wirst Du Dir nicht gefallen lassen", ich beäugte ihn scharf, „Rudi, hörst Du? Das darfst Du nicht."
In der Legion war Rudi zu großer Härte ausgebildet worden, aber seiner Frau gegenüber war er wehrlos. Es dauerte nicht lange, und Kurt erfuhr ebenfalls von dessen Nöten.
Fortan plagte ihn das schlechte Gewissen (ein Witz!), weil er mit geholfen hatte, die Beiden zu verkuppeln. Frauen, die von Natur aus herzlos sind, kann man nicht ins Gewissen reden. Kurt war ein Haudegen, aber auch er konnte Rudi nicht helfen.
Alle Freunde, und das waren sehr viele, konnten Rudi nicht helfen. In seinem Äußeren war Rudi, wie man sich einen griechischen Helden schlechthin vorstellt. Ich erinnere mich noch, wie er nach einem Kinobesuch von zwei Männern überfallen wurde, danach mussten die Zwei in die Notaufnahme. Aber gegen seine Frau war mein Freund machtlos. Sie war arg böswillig, widersprach ihm laufend und wusste alles besser. Sie kochte nicht und war ständig unterwegs. Immer öfter

musste Rudi nach seiner Arbeit die Kinder versorgen.
Rudi, Kurt und ich hatten vereinbart, uns alle sechs Wochen zum Frühschoppen zu treffen, ein paar Bierchen zu trinken und Skat zu spielen.
Als während dieser Treffen auch Kurt nicht länger verborgen blieb, wie arm Rudi trotz seiner guten Arbeit immer noch war, als auch er von dessen Verschuldung und den Gründen dafür erfuhr, bot er sich an, in seinem Haus ein Zimmer für Rudi her zu richten, aber der konnte und wollte seine Familie nicht verlassen.
So vergingen einige Jahre, bis das Immunsystem unseres Freundes zusammen brach. Rudi bekam Magengeschwüre. Mit ein paar Schnäpsen versuchte er, die Magenbeschwerden zu töten. Wie verzweifelt musste Rudi gewesen sein, wie geblendet für alles Rationale, dass er nicht erkannte, wie schlimm seine gesundheitliche Situation bereits war. Er wurde zunehmend lustlos und sein Konsum an Alkohol und Zigaretten nahm bedrohlich zu.

„Wer sich nicht helfen lassen will, dem kann nicht geholfen werden", murmelte ich vor mich hin.
Kurt, der die ganze Zeit schweigsam mir gegenüber gesessen hatte, fuhr aus seinen Gedanken auf. Ob sie gleicher Natur wie meine gewesen waren? Ich war sicher, dass seine schmerzhaft waren, denn er rieb sich angestrengt die Augen, ehe er sagte: „Meinst Du Rudi?"
„Wen sonst?"
„Papperlapapp. Jedem kann geholfen werden."
„Schön, dass Du noch Hoffnung hast. Ich habe Rudi

beobachtet. Er ist depressiv. Ein vernünftiges Gespräch ist mit ihm nahezu unmöglich zu führen."
„Ich weiß."
„Du hast doch auch erlebt, wie er gleich abwinkt, wenn wir ihn anhalten, sein Leben zu ändern."
„Ich pack mir seine Frau." Kurt sah mich scharf an, und dabei hätte ich laut auflachen können, weil mich dieser Blick zwischen den abstehenden Ohren eher belustigte als erschreckte.
„Du wirst ihr nichts antun, Kurt, oder?"
„Blödsinn. Reden werde ich mit ihr, und ich sage Dir, Paul, angenehm soll das Gespräch für die Marlene nicht werden."

Ich habe bereits erwähnt, dass Kurt ausgezeichnet große Reden schwingen konnte, und tatsächlich stellte Marlene das Treiben mit anderen Männern ein. Ich habe niemals erfahren, zu welchen Mitteln Kurt hatte greifen müssen, um dies zu erreichen. Darauf angesprochen, zwinkerte er nur geheimnisvoll und hielt sich stets bedeckt.
Da mir das Ganze viel zu plötzlich ging, fragte ich mich im Stillen, wie lange Rudi Ruhe hätte… denn die Katze lässt das Mausen nicht. Als Marlene bereits eine ganze Weile friedlich war, wurde Rudi wieder froh und beruhigte sich. Er war auch davon überzeugt, dass durch einen Umzug in eine andere Gegend alles besser werden würde, wenn er auch zur Arbeit weiter pendeln müsste. Der Entschluss war schnell gefasst. Sie zogen in die Nähe von Kurt.
Die Jugendfreundschaft zwischen den beiden Ehefrau-

en erblühte wieder. Rudi besann sich auf seine Fröhlichkeit. Wir Männer trafen uns weiter regelmäßig, nur waren wir jetzt alle drei viel entspannter. Das Leben erschien uns endlich wieder angenehm und bald wandten wir uns verstärkt unseren Alltagsgeschäften zu. Noch heute bin ich tief überzeugt, dass die Sechziger Jahre und auch die Anfänge der Siebziger die besten in unserer deutschen Geschichte waren.

Endlich hörten wir auch Rudi von einer Baustelle reden. Er machte wieder Pläne, was uns freute. Kurt für sein Teil bot seine Hilfe an. Rudi kaufte sich einen Transporter und machte damit gute Nebengeschäfte. Eine kleine Baustelle war gefunden und er fing an, Baumaterial zu sammeln.

Dann kam der Tag, an dem er uns stolz seinen Bauplan vorlegte. Ein Kredit war ihm bewilligt worden. Kurt war ganz überschwänglich und lud uns gleich zu zwei Bieren ein. Ich tat es ihm anschließend gleich. Dann bestanden wir darauf, dass Rudi uns nicht einladen sollte:

„Du musst jetzt sparen", redete ich ausgelassen daher, „Bauen ist teuer."

„Papperlapapp", widerrief Kurt, „nicht teurer als alles andere."

„Du spinnst", scherzte ich.

„Ihr spinnt wohl beide", meuterte Rudi und bestellte drei Bier.

„Du spinnst. Paul hat ausnahmsweise mal Recht. Du musst jetzt sparen. Das Bier bezahle ich." Kurt sagte es und rülpste mit Genuss, was die Männer neben uns veranlasste, sich kopfschüttelnd zu uns um zu drehen.

Rudis Blick war gequält auf Kurt gerichtet: „Du willst mich aber nicht beleidigen, was? Ich werde doch wohl dieses scheiß Bier bezahlen dürfen."
Kurt überlegte einen Moment, dann tippte er Rudi auf die Brust: „In Ordnung, mein Freund. Du hast ganz Recht. Aber unter einer Bedingung."
„Und die wäre?" Rudi sah mich an, dann wieder Kurt, der soeben den Mund aufmachte: „Du lässt auf meine Rechnung den Keller ausschachten. Rudi, das kannst Du mir nicht verwehren. Eine Freundschaftsleistung, weil ich so froh bin", er nickte mir zu, „und auch Paul, weil du wieder auf dem Damm bist." Kurt hielt Rudi seine Hand hin, um die Abmachung per Handschlag zu besiegeln, doch Rudi zögerte.
„Kann ich nicht machen, nicht wahr, Kurt, das kann man nicht annehmen."
„Ich würde sagen, es trifft keinen Armen", forderte ich meinen Freund auf, endlich einmal durch Kurt etwas gutmachen zu lassen. Kurt grinste mich auf seine durchtriebene Art an, die mir zuwider war, aber er sagte nichts. Stattdessen bot auch ich nun meine Hilfe am Bau an und dann schüttelte Rudi uns beiden die Hand.

Es ist gar nicht ungewöhnlich in unserem Sein, dass eine größere gemeinsam zu bewältigende Aufgabe eine Ehe zusammen schweißt. Rudis Magengeschwüre heilten aus. Im Gesicht trug er wieder sein breites Lachen und er sang wie ein junger Zeisig in der milden Sonne des Frühlings. (Rudi konnte nicht sonderlich gut singen, aber ich ergötzte mich so sehr an seiner guten Laune, dass es mir wohlgefällig klang). Unsere Treffen

hatten fast nur noch ein Gesprächsthema: Das Bauen. Kurt und ich, die wir Hausbesitzer waren, versuchten dem professionellen Baumeister gute Ratschläge zu geben.
„Ihr beiden wollt mich wohl auf den Arm nehmen, nicht wahr", juxte Rudi, wenn es ihm zu bunt wurde.
„Aber nein, Rudi."
„Papperlapapp, wir kennen uns aus", antworteten wir und hatten unseren Spaß.
In den Sechzigern hieß es: *Bau und Bauherr sind fertig.* Jede freie Minute verbrachte Rudi auf seiner Baustelle. Sonntags leisteten wir ihm Gesellschaft. Wir halfen, wo wir konnten, und einiges Baumaterial besorgten Kurt und ich.
Der Tag der Fertigstellung rückte näher, bis er eines Tages endlich gekommen war. Marlene und Rudi luden zu dem obligatorischen Richtfest. Das war im September. Die Luft roch nach Spätsommer, nach Kartoffeln und nach gelbem Laub und unter dem Richtkranz schmeckte sie ein wenig nach Kalk und Zement und frischem Holz. Ausgelassen sangen wir und wurden mit Schnaps belohnt. Marlene und Dora hatten Schnittchen vorbereitet, die herum gereicht wurden.
Wenn Kurt auch bei mir ziemlich schlecht weg gekommen ist, so waren wir uns doch an diesem Tag einig, als wir ihn als einen der schönsten unseres Lebens beurteilten. Nun hatten wir alle Drei es zu einem Haus gebracht. Wir freuten uns für unseren gemeinsamen Freund, der sich so glücklich zwischen den Gästen bewegte und auch mit Marlene einen innigen Frieden gefunden zu haben schien. Mit diesem Gefühl

verließen wir das Fest, als das Tageslicht spärlich wurde.
Im Dezember eröffnete uns unser Freund, dass er manchmal starke Bauchschmerzen verspüren würde. In der Folgezeit magerte er konstant ab. Zunächst begann er wieder, den Schmerz mit Alkohol zu vertreiben, aber er bekam sein Problem damit nicht in den Griff.
„Du musst schnellstens zu einem Arzt gehen, Rudi", empfahl ich ihm, „das muss gründlich untersucht werden."
„Ach was", lehnte er ab und schluckte stattdessen starke Schmerzmittel.
Erst im Frühjahr ließ er sich endlich untersuchen. Er unterzog sich einer Darmspiegelung und die Diagnose war für alle erschütternd: Rudi hatte Darmkrebs.
Eigentlich war er der Einzige, der keine große Angst zeigte. Während wir völlig niedergeschlagen unsere Tage durchlebten, ertrug Rudi seine Krankheit mit Fassung. Er benahm sich, als hätte er die Bedeutung der Diagnose nicht erfasst, und doch wussten wir alle, wie klar und gefestigt sein Geist war. Er mochte lediglich nicht Jammern und Weh klagen. Das war noch nie sein Ding gewesen, und offenbar hatte er nicht die Absicht, an seiner Lebensphilosophie etwas zu ändern.
„Was soll ich mich beklagen", spekulierte er, „dann komme ich nicht mehr auf die Beine. Nein, Paul, nicht wahr, ich muss an mich glauben. Wie soll ich an mich glauben, wenn ich jetzt anfange, mich zu bedauern."
Ich bemerkte, wie er vor Schmerz das Gesicht verzog, als er sich bequemer hinsetzte. Doch dann lachte er mich an.

Epilog

Im März folgenden Jahres, nachdem ich einen längeren Urlaub gemacht hatte, schrieb ich einen Brief an ihn. Nach einer Woche kam die Antwort seiner Frau: Rudi war mit siebenundvierzig Jahren an Darmkrebs verstorben.
Ohne Aufschub machte ich mich zum Dorffriedhof auf, um an seinem Grab zu beten und zu trauern, aber ich konnte sein Grab nicht finden.
In meiner Verzweiflung sprach ich alle Menschen, die mir auf dem Friedhof begegneten, an, bis mir ein älterer Herr Auskunft geben konnte und mir Rudis Grab zeigte.
Was ich vorfand, machte mich verlegen und empörte mich schließlich zutiefst. Ich fand mich vor einem schmucklosen kleinen Erdhügel. Hier lag nun also der liebste Mensch, den ich kennen gelernt hatte, ohne Kreuz und ohne Blumen, ohne einen Hinweis auf die vergangene Existenz.
Ich spürte, wie mir Tränen über die Wangen liefen, denen ich freien Lauf ließ, weil sie mich seltsam beruhigten. Eine rote Rose zusammen mit einem Briefchen legte ich auf dem Grab ab und sprach anschließend ein stilles Gebet.
Dann bin ich gegangen und habe die Stelle niemals wieder besucht und auch nicht seine Familie. Ich hatte einen guten Kameraden verloren, einen besseren findet man nicht.
Kurt habe ich rein zufällig noch zweimal getroffen. Wie sich zeigte, hatten wir uns nach Rudis Tod nichts

mehr zu sagen. Es war besser, dass wir getrennte Wege gingen.
Und mein Freund? Er wäre heute Zweiundachtzig. Der Mensch muss drei Mal Glück im Leben haben. Einmal mit seinem Elternhaus, das zweite Mal mit seinem Beruf und das dritte Mal mit dem Lebenspartner. Rudi hatte drei Mal Pech.
Wenn Jemand so viel Pech hat, wie er es hatte, dann muss er wohl zu den Auserwählten gehören. Ich weiß nicht, ob seine Kinder oder seine Frau um ihn getrauert haben. Verdient gehabt hätte er es. Rudi hatte alles für sie getan, er konnte vielen helfen, nur sich selbst nicht.
In seinen letzten Lebensjahren hat er gesellschaftskritische Bücher gelesen. Von *Tucholsky* und *Heine* hauptsächlich. Einige Passagen kannte er auswendig. Die trug er bei gesellschaftlichen Anlässen vor. Einige wenige sind mir bis heute im Gedächtnis geblieben. Dadurch ist mir Rudi noch immer nah.
Wenn ich auch mit Kurt nicht weiter persönlich verkehrte, so habe ich später mehrmals in der Zeitung von ihm gelesen. Nein, er ist wohl nicht mehr kriminell geworden, vielmehr schrieb er für eine namhafte Zeitschrift monatlich Geschichten.
Ich habe in meinem Leben ehrliche Geschäftsleute kennen gelernt, die durch jahrelange Schufterei und eine bescheidene Lebensweise schließlich reich geworden sind. Doch auch bin ich Menschen begegnet, die mit skrupellosen Geschäften zu Geld kamen, die Andere übervorteilten und sich um Steuern drückten, wo es ging. Ich bin Heute meinem Schöpfer dankbar da-

für, dass ich mit beiden Arten bekannt geworden bin. Rudi hat manchmal verlauten lassen: ‚Da haben wir es, der weiß nicht, wie dumm er ist'. Wer weiß schon, dass er nicht viel weiß? Aber dem ist noch zu helfen. Man sollte niemals Gutmütigkeit mit Dummheit verwechseln. Ach, Rudi, wie gern denke ich an unsere stundenlangen Diskussionen zurück: Über aufgezwungene Religionen, über Gewalt und Hoffnung, über Fanatismus, Philosophie und Geschichte und Recht und Unrecht…und nicht immer waren wir einer Meinung, doch am Schluss erreichten wir stets einen Konsens, weil wir friedlich miteinander umgegangen sind, weil wir uns einig sein wollten.

‚Ist Dummheit vererblich', habe ich Rudi einmal gefragt und er holte zu einer Gegenfrage aus: ‚Ist Intelligenz vererblich?' Wir waren uns gar nicht sicher, beschlossen aber fest zu halten, falls Dummheit eine Erbangelegenheit sein sollte, wäre jeder Dumme für seine Dummheit unschuldig. Wir überlegten, wie zu bewerkstelligen sei, dass ein dummer Mensch weder einen Vor- noch einen Nachteil dadurch hätte. Das ging manchmal ziemlich weit mit uns. Rudi brachte das Thema Erziehung ein, so oft er konnte. Er war überzeugt, dass eine gute Erziehung einiges ausgleichen kann. Für ihn war gute Erziehung die beste Voraussetzung für beruflichen Erfolg. Rudi las und las. Er ist stets bestrebt gewesen, so viel als möglich auf die Erfahrungen unserer Vorfahren ein zu gehen, sie als Schatz zu betrachten, sie auf das eigene Leben an zu wenden. Fürwahr, Rudi hat sich immer wieder ausnutzen lassen, und damit gehört er wohl nach dem Urteil unserer Gesellschaft zur Kaste der Schwachen. Aber nein, so ist das nicht. Nein, Rudi, hör mir zu, ich verteidige Dich, ich stelle das richtig: Bis zum Schluss bist vielleicht Du der Stärkste von uns allen gewesen. Niemand konnte so viel ertragen wie Du. Der Mann, der am Kreuz sein Leben für uns gegeben hat, der Misshandelte, Geschundene und dennoch so Menschenfreundliche, wer will ihm seine Stärke absprechen.

‚Ob wir jemals auf unserer Erde Frieden und Gleichheit bekommen?' Das hat Rudi einst gefragt und ich habe verneint, weil ich das den Menschen nicht zugetraut habe. Das Glück ist für den Menschen nur Schein. Es ist eine trügerische Illusion zu glauben, dass es einfach sei, die Gesellschaft zu lehren, dass wir den schwachen Menschen helfen müssen. Einer wird sich den allgemeinen guten Vorsatz zunutze machen und ausbrechen, um sich seinen Vorteil zu suchen. Der Zweite wird folgen und in Windeseile haben wir wieder zwei Lager, wie wir sie immer hatten und in alle Ewigkeit haben werden.

Wir hatten in unserem Heim auf der Zeche einen Kollegen, der ließ sich nach jedem Zahltag von Anderen seinen Verdienst beim Kartenspielen abnehmen. Er saß dann immer traurig herum und wartete auf den nächsten Zahltag. Mir tat der Kerl leid und es tat weh, aus Rudis Mund zu hören: ‚Dummheit muss bestraft werden'. In Wahrheit sprach aus Rudi die Ohnmacht gegen die Kameraden, die genau dies getan hatten: Die Dummheit bestraft.

Das Pferd, das den Hafer verdient, bekommt ihn nicht. Ich denke, Rudi, den Satz können wir so stehen lassen.

*** ENDE ***